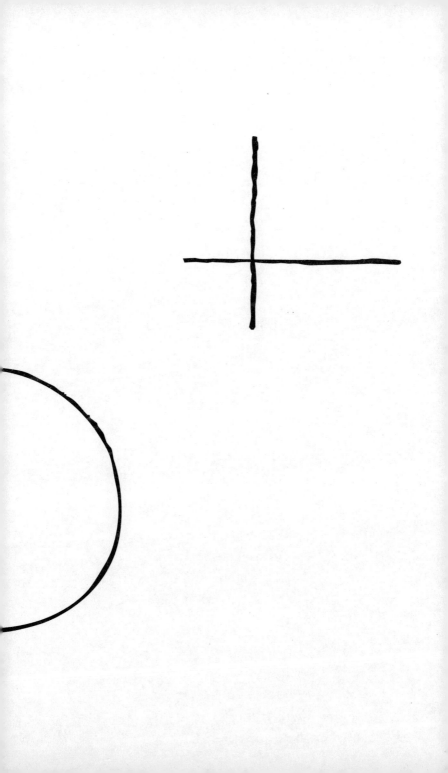

贾若萱　摘下月球砸你家玻璃

江苏凤凰文艺出版社
JIANGSU PHOENIX LITERATURE AND
ART PUBLISHING LTD

献给我的父亲、母亲和弟弟

夜行

钟立远把车里的暖气开得很足。她感到有滴汗从脖子落到胸口，这让她有些紧张。她想把暖气关掉或调小一点，但他们才见过两次，交谈的话超不过二十句，不敢随便乱动。她又想把厚外套脱掉，手指捏来捏去，几次碰到扣子，最终还是放弃，只能保持原来的姿势，把脸埋进羊绒围巾，一动不动。

　　车缓慢行驶，似乎在故意拖延时间。穿过接二连三的路灯，眼前的光灭了又亮。由于是郊外，车少人少，道路空旷，两旁是几块荒凉的田地，断断续续闪过的电线杆。这块原本是个县城，最近几年被划到市区，可怜的是建设速度比车速还慢，她快要毕业了，这里仍然土里土气。远处有个霓虹灯招牌，字体闪闪发亮，"顶峰KTV——全市唯一一家3DKTV"，KTV都有3D的吗？她已经很久没有唱过歌了，也很久没有出来逛一逛。到底从什么时候开始，生活变得像死水一样平静，又如海浪般汹涌？她喜欢怀念过去，因为未来不受掌控，她希望任何事情都像她预期的那样发展，包括她和方世诚的感情。

已经晚上十点多，十一点宿舍楼锁门，她没有回去的打算，就算方世诚打电话求她，她也不会回去。一个恶毒的想法冒出来，她要冷笑着告诉方世诚，她和他的兄弟在一起。她要和他的兄弟待一整晚。她握着手机，掌心热得出汗，眼角余光偷偷打量钟立远。他算不上好看，个子高，皮肤黑，骨瘦如柴，单眼皮，但在方世诚所有朋友中，她对他印象深刻。

他们第一次见面是在钟立远生日那天。方世诚带她参加，一共十几个人，钟立远坐在她对面，眼光总不经意跌到她身上，她对这样的事情很敏感。吃到一半，他小心翼翼问她是不是写小说。她说是的，偶尔写一点。方世诚打趣道，立远也是个文艺青年呢，哥几个里面，就他喜欢看书。她"噢"一声，点点头，说，那下次见面我送你本书。钟立远说，太好了，真是太好了，感激不尽。吃完饭，钟立远送他们俩回学校，问方世诚，什么时候再请你们吃饭？方世诚说不用不用，下次我们请你。钟立远说，你们还没工作，我已经上班赚钱了，还是我请吧，下周，下周走之前我们再聚一次。

第二次钟立远准时赴约，带他们去市区一个特色餐馆吃饭。中途说起钟立远的工作，在另一个城市，没有高铁，慢车十二个小时，好在干一月歇一月，也算清闲。简单吃了点饭，钟立远说还要回家收拾行李，先送他们回学校。路上，她一直感觉有道目光透过内后视镜紧紧追随着她，当她抬起头时又什么都没有，只有钟立远的单眼皮，浮在镜子表面，像一座沉默的山头。她心里有说不清的感觉，手伸到包里紧紧抓着那本书——上次见面答应送给他的，他一直没提这桩事，她也就不大好意思拿出来。下车前，她把那本书悄悄丢在车上，他一到家就能看到。在学校门口，她和方世诚一起，冲钟立远挥手道别，钟立远没有看她，按了三声喇叭，绝尘而去。

"万红。"钟立远小声喊她的名字，"你吃过晚饭了吗？要不要再去吃点东西？"

她被他的声音吓了一跳，这音色和电话中的声音不太一样，显得更厚重。不知是否和她的心情有关，她觉得这种声音有点暧昧。

"吃过了，我不饿。"她把围巾摘掉，终于鼓足勇气，"可以把暖气关小点吗？我好热。"

钟立远把暖气调到最低，"热的话可以开窗户，很快就能凉快下来，冷了再关上。"

她把窗户按下一条缝，冷空气刮到她脸上，一瞬间，温度像鱼一样滑下去，她又关上了。"北方的冬天冷得吓人。"她轻声说，"血管都能结冰。"她不知这句话怎么冒出来的。

"是啊，北方的冬天冷得像老巫婆的奶头。"

"塞林格。"她轻轻笑了，"《麦田里的守望者》。"

"那天你送我的书，我挺喜欢。"钟立远看她一眼，又快速转过头，"怎么不当面给我？"

"没找到合适的机会。"她把腿舒展开，听到嘎嘣一响，"然后就放到你车上了。"

"噢，也好。"他点头，把车拐到一条更宽阔的大路，速度依旧缓慢。她不知道这条路通往哪里。

"这是你自己买的车？"

"不是。"他说，"是我爸的。"

她觉得自己提了一个糟糕的话题，只好沉默，把围巾攥在手里。这条围巾是方世诚送的，花去半个月的生活费。她细细想着，他对她够好了，这种好是装不出来的，只是后来起了变化，总不能因为变故，完全抹去他的好。

钟立远没问她这么晚跑出来的原因，使她有些感动。看表，十一点零三分，宿舍已经锁门，方世诚依然没有打电话，他变了，她是早就觉察出来的，所以当她看到他手机里的短信时，她已经不再痛了，只想着怎样做才能让他痛。她把短信念出声，"亲爱的，想你，昨晚好棒，什么时候再来看我？"脑子里浮出另一句话：如果一个人开始了第一次说谎，那这个人的一生都要和谎言相伴。他的双手划来划去，嘴里拼命解释，她冷漠地看着他的滑稽样，一言不发，内心像爆炸的气球般无力。人们停下脚步，看马戏一样盯着他们，最终闹剧以方世诚气急败坏的离开收场。他走后，人群散去，她瘫坐在大台阶上流泪，这里曾是他对她表白的地方，他说过那么多蜜语甜言，全部变得面目可憎。她已经体会不到他的爱意，只感觉手脚冰凉，可能会冻死在这个夜晚。她不停回想那条短信，冷风吹得身体剧烈颤抖。这段感情到头了，她明白，但不想这样结束，她一定会让他难过，让他抬不起头。心里的怒火越烧越旺，她想到钟立远，方世诚的好兄弟。若无其事不是最狠的报复，和他的兄弟上床才是。她知道钟立远一定会来找她。

钟立远生日过后，万红做过一个梦，她没有说给任何人听。梦里，她站在小时候住过的平房，门前有个大院子，妈妈坐着洗菜，爸爸挖坑种树。钟立远走进来，和她爸妈亲密地打招呼，然后接过妈妈手里的洗菜盆，跑到厨房忙活。她没有表现得惊讶，也没有想起方世诚，这一切显得顺理成章。后来钟立远做了一桌子饭，吃过后，把万红带到车里，驱车到达一块下陷的凹地，打开车窗，吻了她。她不记得他们有没有做爱，只记得抬头看天时，空气里飘着红色的细雨。醒来后，她十分震惊，她与钟立远才见过一次，怎么会做这样的梦。

她回想给钟立远打电话的场景，奇怪，她明明没有存过他的号码，一翻手机通讯录，钟立远三个大字赫然在目。她应该是哭着打完的，信号不好，对方的声音通过电波，淅淅沥沥传到她耳朵，她没有听清他的话，嘴里一直重复她的地址，挂断电话，钟立远又发来短信：待在原地，我立刻去找你。

她擦干眼泪，跑到对面买了一杯热奶茶，隔着袖子握在手里。路灯亮着，昏黄的光包裹住冰凉的身体，她抬头，想找到猎户星座，但今天一颗星星都没有，比她的心还要空。她曾和方世诚在夏天的夜晚去爬山，学校恰巧在山脚下，走路只需半小时。他背着帐篷、望远镜、薄毛毯、一兜零食，和她慢悠悠晃到山脚。全程是连绵的田地，没有路灯，也没有行人，风有些凉，拂过她身上，神清气爽。他拉着她的手，问她怕不怕。她说不怕，反正是和你一起。后来俩人踩着阶梯，气喘吁吁爬到山顶，又聊了一些无关痛痒的话题。最后，他们拿着望远镜看星星，她已记不清看到的形状，也许什么都没看到，她的心思全在方世诚好看的手指和唇形上。他滔滔不绝地讲猎户座，声音变得像月亮一样遥远，她愣愣地看着他，傻笑着，眼前的视线模糊起来，变成一片通透的白。他突然停止说话，坐到她身边，搂着她的肩膀，等了几分钟，然后他说，真安静呀，整个世界仿佛只剩下我们两个人。

整个世界仿佛只剩下我们两个人，她望着学校门口的牌匾，嘴里呢喃这句话。这时，钟立远的车停在她面前，他打开车窗，沉默地看着她，她低下头，绕着车走了一圈，打开车门，钻进去。

"我们一会儿去哪……"万红嗫嚅着。车速更加缓慢，钟立远似乎也没有方向。

"呃……"钟立远停顿几秒，"你想不想去唱歌？"

"唱一晚上？"

"对。"

"不想。"她摇头，"唱夜猫档太累，我晚上需要休息，我今天太累了……"

"好。"钟立远看了看万红，"那就找个地方休息，行吗？"

"嗯。"万红点头，"真是不好意思……这么晚给你打电话。"

"没事的。"钟立远没有看她，"不麻烦，只是你千万别出什么事，晚上这片不安全。"

其实她想去钟立远家里。她希望钟立远能带她回家，而不是酒店。对于她来说，酒店显得不近人情，而回家总能代表点什么。她知道钟立远家在哪里，准确说是他哥哥家。钟立远有个亲哥哥，已经结婚，在附近买的房。但他们常年待在乡下，那套房子空了出来，大多时间，钟立远一个人住。这当然是方世诚告诉她的，每次他喝醉酒回不去学校，都要借住在那里。他还告诉过她，钟立远交过一个女朋友，俩人同居过一段时间，就在那套房子里，没过多久就分手了。她问分手的原因，方世诚说是因为他女朋友胸小，也不会打扮，土里土气。那时她还没和钟立远见面，先留下一个糟糕的印象，见过后，她的直觉告诉她，钟立远不是那样的人。

车里的温度正好合适，万红平静下来，心脏落回胸腔。路越来越难走，车翻过减速带，像撞在弹簧上，忽高忽低。她注意到钟立远无名指上的戒指，古铜色，雕着密密麻麻的图案。她想到第二次见面，钟立远说他在地理杂志看到过几张图片，西班牙的跳蚤市场，非常喜欢，他对一切年代久远的东西感兴趣，经常去二手店淘一些稀奇古怪的小玩意。她问是不是喜欢复古风，他说也可以这么理解，方世诚惊讶地说他可不喜欢二手的东西，好运气全被人用光了，只剩下厄运，不吉利。她说没什么关系，二手的更有味道，她就经常买一百年前的衣服，俗称"古着"，从国外千里迢迢运到中国沿海城市，再通过互联网，卖给不同的顾客。现在她身上就套着一件古着大衣，厚实，柔软，充满时间的气味。

"你的戒指哪里买的？"

"噢，这个呀。"钟立远瞥了手指一眼，"在云南买的。"

"好看，异国元素。"

"是。"他点头，突然拐进一块空地，停在一堆沙子前，没有灯，但这里很亮，她抬头看到一枚巨大的圆月，月光一片片往下掉，掉在车上，树枝上，土地的小裂缝里。她惊讶地张大嘴巴，揉揉眼睛，依旧是这番场景。周围是整齐排列的树，连成一圈，包住这块空地，树枝奋力向上延伸，像是举着兵器的士兵。她想到那个和钟立远有关的梦，月亮真大呀，含着模糊的红色。

"这是哪里？"

"原来是个工厂，我小时候经常来，后来我爸妈下岗了，这儿也拆没了。"

"噢。"她点头，不知该接什么话。

"我想让你听几首歌。"他说着，打开音响，顺手关了车顶灯。月光钻进车里，他的黑色羽绒服亮亮的。

她早就猜到他喜欢摇滚。他爱读书，表面内敛安静，内心肯定有个狂热的世界。她很少听摇滚，大多时候，她需要平静，放着舒缓的音乐，一个人躺在宿舍哭一哭。哭是很好的发泄方式，可是发泄的究竟是什么，她始终没搞清楚。她曾有一次，在宿舍哭到差点断气，后来她回想，那天什么都没发生，只是方世诚晚上要出去喝酒，她心里想去，嘴上硬说不去，他没有苦苦哀求她，自己去赴了宴，然后她一个人回到宿舍哭个不停，仅此而已。

"好听。"她说。

"是啊。"他回答，"也是在云南买的，和这个戒指一起。我特别喜欢鼓点音乐，节奏感强，听的时候才感觉自己在活着。"

"那不听的时候呢？"

"不听的时候是在虚数空间，什么都没有，什么都在消失。"

"什么是虚数空间？"

"就是虚无。我的生活很空虚，你想象不到。"

她看了看他，由于鼻梁挺拔，他的侧脸近乎完美，掩盖住眼皮肿胀的缺点。她不喜欢他说的这些话，听起来不够真诚，像"文艺青年"这个词一样刻意。她希望她碰到的男人都是真诚的。她突然想起她短暂爱过的一个男孩，学导演专业，和她倾诉他的焦虑症、心慌气短、郁郁寡欢，电影创作无法进行，连续看了一个多月的中医，喝中药，针灸推拿，还是没治好，在一个稀松平常的夜晚，把自己杀死在浴缸。他说他的焦虑来自对众生的怜悯，明知道他们做的是错事，却无法制止，只能看着人们不停坠入深渊，这让他无法直视自己。

"要不要下去走一走？"钟立远提议。她知道外面很冷，但还是点点头。下车，她跟在他身后，冷气侵蚀进骨头，她将身后的帽子扣到头上，拉链拉到顶点，哆嗦着向前。前方是黑漆漆的树林，像是口腔深处，月光不能穿透。她不想去那里，但钟立远没有停下的意思。

"去哪儿？"她喊住他。

"穿过小树林，有一条河。"他回头，长长的影子滑到她身边，"你想去吗？那里有个废弃的木房子。"

"冷。"她说，"那里冷不冷？"

"不冷。"他回答，"不是很冷，有电暖器，还有厚被子。"

"好吧。"她突然笑起来，"我怕有僵尸。"

"有我在，僵尸不敢咬你。"他像是预谋好的一般，自然而然拉起她的手，"走个几分钟就能到。"

她没有甩开他。但在心里谴责自己，这是不对的，她只是想和他做爱，不想有其他亲密举动。他拉着她走进树林，石块堆满地面，脚底打滑，她不得不把大半重量压在他身上，防止自己摔倒。仿佛一道帘幔垂在她眼前，即使离得这么近，她依然看不清他的表情。继续前走，视野变得开阔，最终，一条河展现在她眼前，河面结了冰，看起来很坚固，冰面上延伸着各种各样的纹路，月光一照，快要跳出来，变成实物。河对面是几座亮着灯的房子，好似燃烧的光点，在视网膜上跳跃。

"这边。"钟立远没有松开她的手，右拐，走了几十米，到达一栋房子前，"就是这里。"

果然是木房子，门是铁的，房顶是尖的，类似山上的寺庙，只是非常小，大概十平米不到，没有窗户。她怀疑能否挤下两个人。

"这是哪里？"

"木头房子呀。"他说。

"能进去吗？"

"当然。"

"你怎么知道这里？"她笑了，抬头看他，他的脸笼罩着一层杂乱的白色。

"这是我的秘密基地。"他也笑了。

"真的？"

"真的。"他说，"我夏天发现的，应该是看门的人住的，他们看管旁边的桃林，现在已经不种桃了，所以屋子也荒废了。"他拉着她绕房子转了一圈，"怎么样？这个门是我后来找人安的，我每个月给负责的老头一百块钱，他才同意让我住着。"

"你住这里？"

"偶尔吧，无聊的时候，会来这里发呆。"他摸摸她的手心，"不要告诉别人，这是秘密。"

他打开门上的锁，招呼她进去，然后反锁门。完全的黑暗，彻底的密闭空间，没有一丝光能进来，她看不到他在哪里，只能听到他的呼吸声，像浮在湖面波光粼粼的鱼。

"你在哪里？"她发出微弱的声音，手臂晃动几下，没有触摸到他。

突然，她被人推到墙上，后背一凉，她握紧拳头，接着，一双温热的手伸进她的衣服，环住她的腰，抚摸她的脊柱。他呼出的热气喷在她脸上，近在咫尺，依然看不到他的脸。深不见底的黑暗增加了他们的勇气。他把手拿出，温柔地摸上她的脖子，打几个圈，下移，贴到她的胸上。她身体一阵战栗，感受他湿漉漉的舌头在她下颌骨游走，然后是耳朵、脸颊，最后是嘴唇。他撬开她的牙齿，仿佛她嘴里有他想要的东西，剧烈而凶猛。她快要倒下了，连忙踮起脚尖，勾住他的脖子，挂在他身上。她会接受他所有的动作，她发誓她不会反抗。

她想到和方世诚第一次做爱，她并不是处女，但她说了谎。也许因为这个谎，才会出现方世诚的背叛，他们从一开始就没坦诚相对。她的初夜和高中老师度过，她爱过他，却记不起他的样子。她只愿承认方世诚是她第一个男人，他们的第一次在机场旁边的小旅馆，第二天必须早起，怕误时间，整晚都在尝试做爱，最后天快亮了，方世诚才成功进入，不到五分钟就缴械投降。想来，他们已经一个多月不做爱了，方世诚总以各种各样的理由推脱，她觉得怪，又找不到原因，直到今天，才发现他有了别的女人。别的女人，她发出一声难过的呻吟。

钟立远开始脱她的衣服，她不觉得冷，反而浑身燥热。她希望他快一点。脱掉大衣，他把她抱起，缓慢地转一圈，似乎在找能够做爱的地方，她心里说，只要想做爱，任何地方都可以。为了不摔下去，她的腿紧紧缠住他的腰，这时，她的胳膊肘摩擦到墙面，"啪嗒"一声，箭一样的灯光刺进她眼里，她"啊"一声，连忙闭上眼睛，从他身上落下，紧靠住墙。灯亮了，她捂住眼皮，透过指缝偷偷看他，他低下头，尴尬地站着，然后退到身后的床上，坐下来抽烟。

说是床，其实是几个厚垫子攒到一起，一坐，半个身体陷进去。垫子上有两个被子，都是蓝色细条纹的，枕头是深灰色，旁边有个电暖器，三个矿泉水空瓶，墙上贴着一张《低俗小说》的电影海报，除此之外没别的。她好奇这里怎么通的电，在这样一个荒凉的地方，一个小小的木头房子。她重新穿上大衣，坐到他身边，拿出一根烟，点燃。钟立远打开电暖器，推到他们中间，热气很快涌上来，她搓搓手，贴上去。

"对不起。"他说。

她不知道他为什么要说对不起，烟逐渐燃尽，留下一小截烟屁股，甩到地上。她又想到和方世诚在山顶过夜的那天，他们躺在帐篷里，做完爱后紧紧抱着，回忆以前发生的事。他问，你还记得我们去啤酒音乐节吗？记得，她说，最后也没等到罗志祥，因为太冷，我们提前退场了。是啊，退场后走的那条路真长，打不到车，我们就一直走，天没黑透，有些亮，路灯也亮着，像是在梦里。她想不通，他们经历过那么多美好，他怎么会爱上别的女人？

"爱情是如何消失的？"她突然冒出这句话，又点上一根烟。

"不知道。"他吐出几个烟圈，雾气很快消失在空气里，"我想，应该是一点点消失的。"

"我觉得也是。一开始是增加的，到达顶点后，就开始减少，最后完全消失。"她觉得自己快要流泪了，"可是顶点什么时候到达的，谁也不知道，不管是身在其中的人，还是毫不相干的人。"

"是的。"他点头，"但一切都会好起来的。失恋也会好起来的。"

她想解释她没有失恋，只是方世诚爱上了别人，但一想，这和失恋有什么区别呢，他不再爱她，就等同于分手。她不会和一个不爱自己的男人纠缠不清。这样想来，她做的这一切有什么意义呢？

"十二点。"她盯着钟立远，他的脸上有种特别的安详，像是暴雨过后的树林，"十二点如果他还没打来电话，我们就做爱吧。"她从口袋里掏出安全套，是昨天买的，预示着上天的安排。

"还有十分钟。"钟立远拿起手机看一眼，"要是这样你能好受的话。"

她打开手机相册，几乎全是她与方世诚的合影，大连拍的，云南拍的，台湾拍的，她们去过那么多地方，也许爱情就是这样散落的。她安慰自己，反正就要毕业了，各奔东西，谁也见不到谁，忘记不会太艰难。她把照片一张张删除，又删掉朋友圈与微博，最后屏蔽他的动态。

屋里的温度渐渐升高，她开始冒汗。水泥墙面坑坑洼洼，有一块突起，像是人的眼睛。钟立远的呼吸声使她想到海面，她想问问他是否喜欢她，或者，是否喜欢过她，然而时间流逝的声音击打着她的心脏，最终她制止了这种愚蠢的想法。

纯粹，她想，长久以来她一直渴望纯粹的关系，不该被爱或喜欢打破。

方世诚的电话没响起，她呼出一口气，说不上什么感觉。

"到时间了。"她脱去大衣，拉起钟立远的手，"今天有你在我很开心，谢谢你。"

钟立远也把外套脱掉，钻进被子，"来吧，躺到我身边。"他把枕头扔到地上，"你可以枕着我的胳膊。"

她先去关灯，在黑暗中缓慢前行，抵达他的身体。她紧紧抱住他，"要是有个窗户就好了，我就能看清你的皮肤。"

他没有回答，在黑暗中脱光衣服，翻到她身上，"你好瘦，真的。"一件件脱掉她的防备，他的身体抖个不停。

"冷吗？"她问。

"不冷。"他们赤身裸体贴在一起，像两条光溜溜的鱼。她吻他，他的手掌很烫，来回移动，快要把她的皮肤点燃。最终他到达目的地，摸了一会儿，缓慢进入她的身体。她觉得疼，指甲太硬，她不习惯这种方式，她宁可他进入正题。她把他的手指小心翼翼拿出来，抱住他，"你喜欢什么姿势？"她问。

"什么都行。"他的声音比身体抖得还厉害。

她拍拍他的背，算是安抚他的情绪，说实话，她一点都不紧张。她摸到安全套，撕开，递给他，"给你。"他接过，折腾半天，依然没有完成。她说，我来帮你吧，伸手拿过安全套，分清正反面后，一摸，却发现他自始至终都是软的，像放置很久的猕猴桃，一碰一个坑的那种软度。她有一瞬间的大脑空白，这是怎么回事，她很快反应过来，嘴里轻声说，没事的，没事的，不要紧张。

他离开她的身体，发出一声仿佛快要死去的叹息，"我想我做不到。"他说，悲伤的声音穿过空气，撞上她的心脏。她也难过起来，想哭的冲动完全控制住她的眼睛，她多么希望方世诚能在这时给她打个电话。"没关系。"她的声音带着哭腔，等了几分钟，黑暗凝固，她又说，"你想不想知道我为什么和他在一起？你想知道的对吧，我第一次见你，我就知道你想知道。"

"为什么？"

"其实我也不知道。"她逼自己发出笑声，"我一直以为我不会爱他那样的人。"

他又叹口气，"你是爱他的。"

"是的，我是爱他的。"她终于还是哭了，"我想我还会重新爱上别人，你觉得呢？"

"我想也是这样。"他重新抱住她，把她脸上的头发别到耳后，"别哭了。"他说，"你想不想出去走走？"

"好。"她几乎没有犹豫就答应了。

钟立远下床，打开灯，她看到他的裸体，那东西缩成拇指大小，几乎看不见，她不明白为什么会这样。她脑子里闪过与钟立远第二次吃饭的场景，中途方世诚去卫生间，只剩他们两个面对面坐着，有些尴尬。她想不出话题，后来钟立远问她，你有没有看过一个电影，叫《龙虾》。她说看过，非常喜欢剧本。他说，如果是你，你会选择变成什么动物？她说，可能是蚂蚁吧，没人注意，小得肉眼快要看不见。他说还算不错的选择。那你呢？她问。我想做骆驼，他说，去沙漠里生活，无边无际的沙漠，除了沙子还是沙子。你喜欢沙子？不是，他摇头，我喜欢一眼望不到头的生活。

他们穿好衣服，离开小木屋。

"去哪里？"她不觉得冷了。

"去河那边吧，怎么样？"

"也好，我不想走太远。"

他们往河边走，月光似乎更亮了，整个夜空变得白茫茫，树木的轮廓锋利无比，像是剪下来的年画。他没有拉她的手，与她隔着恰到好处的距离。她想人与人之间应该有距离，不管是多么亲密的关系。很快就走到河边，由于结了冰，河面显得更加诱人，冰面下有什么呢，她想起小学看过的新闻，她的噩梦来源，有个女孩在晚上跳河自尽，第二天她的尸体冻在冰面下，脸朝上，对着来往的路人微笑。

"冰面结实吗？"她问。

"当然，冻了快要半个月了。"

"我们可以穿过去吗？"

"当然。"他说。

她小心翼翼走上冰面，钟立远跟在她身后。她往前走，身体越来越轻盈，快要飞起来。也许这里的引力比地面小。她低头，看到冰面下的木块、水草、塑料袋，它们被关在下面，仿佛在向她求救。她想到新闻里女孩的笑脸，内心一阵紧张，随之而来的，是钟立远模糊的声音。

"其实……"他说着，听不出任何情绪，"我有勃起功能性障碍，也就是阳痿。"

她没有回头，继续往前走。

"我从小就知道，这是天生的。"他说，"我大学时有过一个女朋友，本想瞒着她，但她还是发现了，后来她和别的男人上床，我们就分手了。"

他们快要穿过整条河了，她看到对面的房子，一座连一座，其中有个两层的小楼，又高又长，像是在拥抱其他房子。

"世诚也知道我的事，所以用我报复他，估计他不会相信。"他继续说着，"我以为我能在你这里硬起来，就像某种救赎。你不知道，我一直都相信奇迹，但……我似乎搞砸了一切，是吗？"

她不知道为什么眼泪止不住，难过快要把她吞没，太疼了，她捂着心口，真的太疼了。整个冰面仿佛都在回荡着她的疼痛。

她想转过身，说些安慰的话，但她的胯骨被诅咒般，变得坚硬无比，不能转身，只能继续前进。

这时，手机铃声突然响起，她停下脚步，掏出一看，是方世诚的电话。钟立远赶上她，与她并排站着，月光笼罩着他们的恐惧。他扫了一眼她紧握的手机，备注是"老公仔"。

他说："接吧。"

她看着四周环绕的树，脚底的冰面，又抬头看空中亮得吓人的月亮，星星都去哪了？这一切怎么这样不真实？她感受手机奇怪地震动，像是接吻时跳动的心脏。快要穿过整条河了，她想，快要到达河对岸了。

"接吧。"他又重复一遍，声音被风吹到树上。

"好的。"她擦干眼泪，深吸口气，在铃声消失的前一秒，颤抖着按下接听键。

持续的寒意

1

我叫秦玲，随妈妈的姓，因为没人知道爸爸的名字。妈妈说他是摄影师，我不相信，怀疑是她臆想出来的，或者她本身受了欺骗。他可能是卖油饼的，可能是唱戏的，唯独不可能是摄影师。那个年代，又是穷乡僻壤，怎会有这种虚无缥缈的职业？妈妈反驳我，他可有文化啦，不然你能写东西吗，全是遗传，他就会写诗。我说我并不写诗，她说差不多，反正都是拿笔杆子写来写去。我问，他给你写过诗吗？妈妈说是啊，那晚他给我读了很多，虽然听不懂。我问，他有相机吗？妈妈摇头，这倒是没有。我不禁为她的单纯而忧虑。

事情是这样的。那天下午，十八岁的妈妈坐在河边，一边高歌一边挥动洗衣棒，天要黑了，还没洗完，毕竟是一家八口的脏衣服，她没放弃，更加卖力，终于在太阳落山的那一刻完成。就在她打算回家时，我的爸爸，一个高大英俊的摄影师出现了，像一道光，从天而降，神仙般落到她面前。之后的事情可以猜到，妈妈怀了我，神仙爸爸消失无踪。我问妈妈，怎么不问清楚地址？妈妈说，问了，他说他是北京的，回老家看亲戚，就住隔壁村，明天还会来找我。我再一次为她的单纯而忧虑。不过事情过去了，没有深究的必要，我只是简单讲一下，何况她对爸爸早不抱希望了，没办法，生活这道洪流迅猛无比，能冲刷一切。写这句话的时候，我突然想到，如果洪流也能把我的欠款冲刷干净就好了。

二十万欠款是我前男友刘星借的，通过典当行，抵押了我石家庄的房子，分手半年后我才知情。他一直拖延还钱的日期，为此我差点翻脸，后来想想，怎么说也是一个圈子的，留点情面，难免有用得着的时候。他和朋友有家影视公司，我俩刚恋爱时，我替他们免费写剧本，直到有次吵架，我才明白，妈的，当了一年冤大头，赶紧退出公司，接赚钱的活。不得不说，爱情真是太神奇了，能让人暂时忘掉自己的利益，变成一个傻蛋。有次赵晓琪问我，你相信你和刘星之间的爱情吗？我说当然，我相信每一段爱情，爱情难道不是生命中最重要的东西吗？人活着不就为了爱情吗？没有爱情的人生有什么乐趣可言呢？我一连串的反问让她大吃一惊，她连连点头，伸出赞赏的大拇指。我羞愧地低下头，其实我压根不懂爱情是什么，对我来说，爱情就像父亲一样虚无缥缈，生活却是实实在在的。

赵晓琪算是我和刘星的媒人。那天她叫了一堆人吃饭，庆祝她刚卖掉的影视版权。她是美女作家，写的书还算畅销，请的人也都是诗人、编剧、导演之类的人物。其中就有刘星。他是北京电影学院导演系毕业的，没拿得出手的片子，也不写东西，倒是能把一些理论问题分析得头头是道。我心想，八成是个酒场混子，没什么真才实学。事实的确如此，但那会儿我被冲昏头脑，很快模糊了感觉。饭桌上我和他都没说话。我不说话的原因是，桌上有个男人很多年前和我睡过一觉，可能他早忘了，我一开口，没准他会想起来，口无遮拦地说给在座的人听。虽然这种事大家并不在意，不就是睡觉嘛，谁没睡过似的，没准还会觉得我矫情，坏了兴致。所以我一直紧闭嘴巴。刘星不说话的原因我不知道，大概是他插不上嘴。在这样的情况下，我对他产生了同病相怜的感觉，甚至想和赵晓琪换位置，坐到他身边，两个人沉默总比一个人沉默好。饭后，他约我出去走走，我挺吃惊的，难道他和我有一样的感觉？其他人打算饭后唱歌，我和刘星悄悄溜出去，被赵晓琪看到，她冲我们露出意味深长的笑容。那晚，我们去公园转了一圈，回了他家。第二天他问我感觉如何，我说还可以，挺好的。接下来，又在他家住了几天，和他成双成对出入酒局，和谁去不是去呢，反正都要一起吃饭喝酒。我是个随波逐流的人，并不觉得这能代表什么，但其他人看在眼里，笑在心里。就这样，我们稀里糊涂开始了恋爱。

在这段感情里（或许每段感情都是），我持续走神，完全不在状态。我想刘星也是这样。我们不是发自肺腑地想恋爱，而是因为大家觉得我们般配（都没结婚，都三十多岁，一个开影视公司，一个写剧本），应该在一起，不然就是浪费天意，所以是大家害了我们。

分手那晚，我们约赵晓琪来家里吃饭，告诉她这个消息，她非常惊讶，不知是对分手这件事，还是对通知她分手这件事。她劝我，三十多岁了，也该结婚安定下来了。我和刘星同时摇头。我看着他的眼睛，感觉这两年真够漫长的，甚至有点后悔。

我说我要离开北京，去石家庄安心写几年东西，再考虑别的事。他俩表示了对我的祝福。第二天，我拎着行李箱去了石家庄，没跟圈子里的朋友告别。几年前，我在河北省图书馆附近买了套单身公寓，装修完一直空着，现在正好住进去，每天看书写字，倒也自在。谁想，半年后我就收到了典当行的催债电话，他们要把房子收走。

2

为了躲典当行的人，我悄无声息回了唐县。妈妈对我的到来十分吃惊，可能都快忘记我了，一个三十多岁还在漂泊的野孩子，不回来也罢。我至少两年没回来了。你们知道的，我没有爸爸，不过这件事算不上什么，有人不光没有爸爸，还没有妈妈。我不是说父亲的缺失对我有什么影响，假如有的话，应该也是好的方面，比如野孩子更独立勇敢，就像石头缝里蹦出的孙大圣。妈妈听到这话肯定不高兴，但的确是这样。我不恋家，所以很少回家，一般人难过就会想家，而我几乎没有难过的时候，总是活蹦乱跳肆无忌惮的，想干吗干吗，这也解释了我不结婚的原因。妈妈不理解，难道写东西的人脑子都不正常？为了论证她的观点，她拿爸爸举例，推断出他至今未婚，孤单生活在美国。这完全是她想象的。为什么是美国？难道因为我喜欢美国，想借机打击我？我感到好笑，便不再与她讨论，反正只住一段时间。至于妈妈，她有钟旭照顾，我放心。我并非薄情寡义之人，至少我心里是想着她的。

半夜，妈妈嘴里的浊气熏醒了我。正在做梦，典当行的人又来要债，拿着电击棒，跟在我屁股后面，来回转圈。醒来后想起今晚吃的饺子，配菜是腌蒜，妈妈一连吃了两头，嘴里嘎嘣嘎嘣响。她的牙齿和胃口一样好，快六十岁了还能咬开核桃，但她几乎不刷牙，更别说看牙医了。而我一天刷两次，定期去诊所，牙齿还是全烂了。也许遗传自爸爸，他的信口雌黄影响了我。

我翻身，背对妈妈，掖紧身上的被子。屋内一片黑暗，不知睡了多久，可能还没俩小时。我的睡眠一向不好，无法连贯，睡一会儿，醒一会儿，所以我整天躺在床上，电脑、手机、书堆在一旁，伸手就能够着。窗帘没拉，月光落在地板上，像一块冻硬的雪。楼前黑黢黢的烟筒，笔直高耸，浓烟排出，很快融入夜空，这种场面十分熟悉，在北京宋庄也见到过。妈妈住顶楼，供暖不足，在室内也无法脱掉厚衣服，真不知人们怎么熬过来的，太冷了，令人发昏。我有点后悔回来了。这十几年在外租房，身体变得娇贵，再扛不住这样的冷，以前我可是什么都不怕的。

"玲子……"妈妈突然喊，咽了一口唾沫。

我应了一声，她便没了声音。等了一会儿，我支起胳膊，凑近她的脸，她一直没瘦过，胖得像临产的孕妇。我和她哪儿都不像，总有人开玩笑说我不是亲生的。她说我长得像爸爸，但没人见过他，自然不相信。他们大概觉得妈妈的脑子坏了，把强奸犯描述得如此美好。妈妈执意认为那不算强奸，是她自愿发生的，是爱情的结合。我认同她的说法，谁愿意承认自己的父亲是个强奸犯呢？

钟旭在客厅睡觉，呼噜声透过墙，钻进我耳朵。他比我小六岁，看着却比我老，可能是长期风吹日晒的原因。他暴躁的脾气和日渐稀少的头发表示，他需要个女人，随便什么样的都行，只要能帮他泄出即将爆炸的荷尔蒙。女人不喜欢他的原因有很多，没钱、不爱干净、秃顶、背也驼得厉害等等。前几年倒是谈过一个瘸腿女人，又矮又胖，和他一样脏，挂着拐杖把一室一厅的家搞得乌烟瘴气。妈妈受不了了，一狠心，拆散了这对邋遢鸳鸯。不过她也没干净到哪儿去，事后钟旭嘲讽她：你以为你是个干净人？爸爸和你离婚就是嫌你懒，不肯收拾屋子！

事实不是这样。离婚是她提出的，因为那个男人也就是钟旭的父亲，突然有一天，光着身子跑到女厕所，一边唱歌一边摆弄自己的下体，被抓到派出所。这件事令母亲颜面扫地，二话不说离了婚。那时他的精神已不大正常，送到医院看了一段时间，没什么效果。听说他成了流浪汉，辗转在各个城市的厕所门口，再没回来过。就他的问题，我们讨论过一次，认为他发病的原因有两种：一是天生的，发病基因自出生便在身体里潜伏，等待某天爆发；二是后天受了刺激，看了不该看的东西。我认为是前者，幼儿园时见他第一面，我全身的汗毛都竖起来了，难以相信妈妈打算嫁给这样的人。他以前有个小废品站，穿一件又脏又破、长至膝盖的青灰色外套，站在一堆破烂儿里称重，再把东西卖到别处。

男人走后，钟旭伤心了一阵，在某个深夜，给我打来电话，"姐……"他刚二十岁，年轻，头发还很茂盛，也没有现在这样一蹶不振，坦白来讲，那时我们的感情还不错。他的声音带着哭腔，奶声奶气的，"他们离婚了，爸爸走了，再也不回来了。"他把原因说给我听，我觉得好笑，便捂住听筒，笑了一会儿，接着清清嗓子，柔声安慰他，"没事的，再等等，说不定哪天就回来了，除了家，他没别的地儿去啊。"结果十年过去了，他依然没回来，或许早就客死他乡了，对流浪汉来说，这是常有的事。钟旭的模样越来越像他，甚至皱眉头的表情都一样，仿佛男人的脑袋接到了他的脖子上。读完大学，他没在外地找工作，而是回到男人的小房子，和妈妈一起生活。我劝过他，让他出去闯一闯，老待在唐县挺没意思的。他说来北京投靠我，我问他打算做什么，他说像我一样写剧本。我想了想，给他找了份代写论文的工作，纯当练手。他干了几天就辞职了，说不是写东西的料，还是算了。从那以后，他一直待在唐县，送送牛奶、发发报纸什么的，赚点零花。后来，他打算买套房，又希望房价降，犹犹豫豫，最终耽搁了，这两年房价猛涨，彻底买不起了，只好继续住在妈妈的客厅。

3

清早，我的手机响了，陌生的保定号码。我第一反应是典当行的人，太神通广大了，从北京追到石家庄，又从石家庄追到保定。我有些烦躁，把手机调成静音，接着睡。睡了一会儿，我醒来，发现屏幕亮着，那人依然在打，手机都要没电了，三十七个未接。我理理思绪，忍住怒火，接了电话。"是秦玲吗？"很温柔的女声，唐县话。应该不是典当行的人，他们不至于模仿唐县方言吧。我轻声说了个是。她兴奋起来，"哎呀，我是贾丽丽，你还记得我吗，我听说你回来了，给你打个电话，中午有空吗，一起吃个饭呗！"我一时想不起贾丽丽是谁，但她肯定是唐县人，也就是我的老乡，没准还是同学。小学、初中、高中我都在唐县读的。"喂，秦玲啊，咱们得快二十年没见了吧，我挺想你的，打听过你好多次，你没回来，这次你终于回来了。"她轻轻笑着。我更加疑惑了。打听我？通过谁打听的？我在唐县没有朋友，只有一个老母亲和同母异父的弟弟，除了他俩，谁还知道我这么个人？"你现在是作家了吧，我就知道，你和我们这些俗人不一样，我早就知道你有这方面的天赋。"她的声音幽幽传来，像春风拂过的湖面。为了打消疑虑，我同意中午吃饭，约定完时间地点，便挂了电话。

妈妈做了早饭，燕麦粥和葱油饼。我穿上羽绒服，简单吃了几口。钟旭已经去上班了，他在快递公司，负责送货，每天骑电动三轮在县城跑。妈妈正擦地，抬头看了我一眼。我问她，你认识贾丽丽吗？她摇头，不认识，怎么了。我说没事，中午要出去一趟。

没一会儿，我果然又接到典当行的催债电话，他们的态度相当不友好，说如果这周不还钱，就把石家庄的房子收走。我怒气冲冲地给刘星打电话，问他什么时候凑够二十万，他可怜兮兮说了一堆，没钱、公司破产、爸爸的生意也不景气之类的，最后他小心翼翼问我，能不能和他对半分，一人还十万。我没忍住，大声骂了他，问他是不是想在圈子里坏掉名声，他连忙改口，答应这周还钱。我就是死也会还你钱，他说。

妈妈走过来，问我怎么了，我说没事，前男友老骚扰我。她沉默了一会儿，说，你是三十六还是三十七了？我说三十六。她点头，那我就是五十五了呗。我说是啊。她摸出小镜子，照了照，咧开嘴笑了，我生你之前，没这么胖，皮肤也水嫩，你爸爸说我能去北京剧团演戏，准火，他还说给我拍照片，送到团里，走走关系什么的。关于爸爸的事我已经听了无数遍，从记事起，到出去读大学。她和钟旭爸爸的矛盾大多缘于此。我问过她是不是真的放不下他？她说早放下了，只是除了这个，没其他值得念叨的事。我姥姥生了六个孩子，她排老三，没受过什么关注。姥爷是中学校长，家里的孩子都读过书，她本来也考上了大学，因为怀孕没去成，留在家，生完孩子，又嫁了人。她的五个兄弟姐妹被分配到全国各地，很少联系，听说都混得不错。

我打开电脑，想写点东西，心脏却怦怦跳起来，如果刘星不还钱，我该怎么办，难道替他拿二十万？一是我手里没这么多钱，二是我不想做冤大头。据我对自己的了解，我应该不会撕破脸皮，一直以来，我都是懦弱的人，吃了苍蝇只会往下咽。想到这儿，我的头又开始疼了。

妈妈出门上班了，她在县电视台打扫卫生，早上十点上班，晚上九点下班。她喜欢这份工作，认为电视台和文艺的东西密不可分，长期待着能耳濡目染。她对文艺这个词莫名地痴迷。我收拾了屋子，洗了澡，化完妆，也出门了。本来不想化妆，想到对方声音那么温柔，应该是个美女，不化妆显得有点那个。外面又下雪了，这个冬天的第三场雪，放眼望去，白茫茫一片，得小心走路。冬风像针一样钻进骨头，还好约定的面馆离家不远，我拎着包，手钻进袖子，想到我在唐县度过的童年和青春期，觉得遥远又不真实。我从没喜欢过这里，唐县贫穷、落后、脏乱，哪里值得我喜欢呢？我从小的愿望就是离开这里，去美好的地方，但走了以后才发现，哪里都一样。

看样子，是我先到约定地点，面馆没有客人，我走进去，坐在靠墙位置，终于感到温暖。服务员问我吃什么，我说人没来全，等会儿再点。摸着暖气片，我想起在北京宋庄那三年，和当时的男朋友租了个小院，由于烧不起暖气，一到冬天，脚趾满是冻疮。他会烧热水给我泡脚，临睡前再贴上他肚皮，俩人紧紧抱着，我总睡得很踏实。他没工作，整天画画，我也辞了药剂师的工作，一边打零工一边读编剧进修班，妄图转行写剧本。后来他走了狗屎运，一个古董商花三十万买了他的画。拿到钱后，他带我去了趟法国，想买个农庄种玫瑰花，提取精油卖钱，最后不了了之。听说他不画画了，一门心思做生意，赚得满钵。我想到这个是有原因的，虽然比较无耻，但他算是我认识的最有钱的朋友了，如果刘星拿不出二十万，我可以先找他借点，我肯定他不会拒绝。不知道他结没结婚，有没有孩子，分手后我们再没联系过，自然也没电话号码，不过真想找，总能找到的，我们有不少共同朋友。

一阵刺鼻的香水味，我打喷嚏的工夫，两个胖女人一屁股坐到我面前。她们长得挺像，长发，大脸盘，嘴巴往外凸，但一个肤黑一个肤白。我都不认识，更无法把电话里的声音和面前任何一个女人产生联系，所以我猜不出哪个是贾丽丽。

"秦玲！"黑皮肤女人喊，声音有点颤抖，"我是贾丽丽啊！"

我盯着她看了一会儿，遗憾地说："我实在想不起来，对不起啊。"

她的心情丝毫没受到影响，始终笑呵呵，"没关系，你慢慢想。"

于是我又想了一会儿，可以很肯定地说，我压根没见过这张脸。我摇头，"我们真的见过吗？"

她点头，"当然啦！"她抓住我的手，"你还记得赵金沃吗？"

赵金沃倒是挺耳熟的，我在脑子里拼命搜索，甚至翻了翻以前的相册，终于记起了他。他是我高中男朋友的舍友，同级不同班，爱运动，不爱说话，穿得破破烂烂，蔫啦吧唧的，听说是个孤儿。我经常去他们宿舍玩，偶尔买点凉菜，一起喝喝酒，聊聊天，相处得还不错。这大概就是对他的全部记忆了。

"我是通过赵金沃知道你的，你现在是作家吧？"贾丽丽说，松开我的手，看了白皮肤女孩一眼，"忘了介绍了，这是我亲妹妹，贾丹丹，今年二十八。"白皮肤女孩羞涩地笑了笑。

"你好。"我打了个招呼，她点点头。

我问她赵金沃怎么了，她没有回答，而是把话题岔开，说些有的没的，这让我略微恼火，又不好发作，只能陪她瞎聊。中途我们点了几个热菜，三碗面条，她继续滔滔不绝地讲。我得知，她比我小一岁，在工商局上班，有个十二岁的儿子，读小学六年级，学习很好，她的爸爸前几年去世了，曾担任工商局局长，妈妈健在，偶尔去国外旅游。菜上来后，气氛发生了一丝温暖的改变，大概是饭菜香气使人心情愉悦。作为交换，我也简单说了些我的情况，没爸爸、没结婚、没工作、一堆欠款等等。她问我不结婚不觉得孤单吗，我说有时候会，比如被催债的时候。她又说结完婚也会孤单，我表示赞同。白皮肤女孩贾丹丹全程没说一句话，挂着胳膊呆呆地听着。最后，菜吃完了，我还没想起她是谁，不免有点着急。莫非是诈骗？幸亏我把自己形容得异常悲惨，傻瓜都能判断出，我没什么可骗的。接着，她又点了份爆炒猪肝，说大冬天适合吃这种食物，为了礼貌，我又吃了几口，打了个长长的饱嗝。

4

吃完后，贾丽丽问起我弟弟的情况。我吃了一惊，刚才的聊天并没有提到钟旭。这下我能肯定，她早就打听好了。

"你弟弟还没结婚吧？"她问。

"你怎么知道我有个弟弟的？"我感觉自己受了欺骗，拉下脸，想走人。

贾丽丽面露尴尬，连忙哄我，"别生气，别生气嘛。是从赵金沃那里听说的。你弟弟结婚了吗？是不是着急结婚呢？"

我说："关你什么事？"

"哎呀，别生气嘛，我想帮你弟弟解决终身大事。"她看了贾丹丹一眼，笑着说，"我妹妹也是单身，介绍给你弟弟吧，我看挺合适。"

原来是媒人，我有些哭笑不得，同时为自己的恶意揣测而羞愧，如果是媒人，来之前打听打听很正常。我一直对相亲持鄙夷态度，认为明码标价有违人道，但钟旭想要个女人，甚至到了急迫的地步，所以对他来说是好事，应该支持，不然以他的性格，是永远找不到女人的。于是我调整语气，把弟弟的情况说了一下，没房没车、不爱干净、驼背之类的。之所以全盘托出，是因为我觉得钟旭配不上这个女孩，她脸色潮红，看起来单纯又温柔，虽然有点胖，但无伤大雅。如果我把他捧得老高，期望越大失望越大，倒不如先打预防针，如实交代情况，好有个心理准备。假如他俩真能成，我也高兴。男人和女人结合，并非都是鸡飞狗跳，也有相敬如宾的时候。

"没房没车好办，我妈都准备好了。不爱干净又不是不能改变，平时多注意卫生呗。驼背更是无关紧要，在网上买个治疗仪，几个星期就能纠正。我妈呢，对女婿没什么要求，老实本分就成。她也是着急啦，为了完成爸爸的遗愿，前前后后折腾过多少次了！"贾丽丽做出翻白眼的动作，贾丹丹一言不发，嘟着嘴，有点不高兴。

"我看行。"我说，"抽空让他俩见个面，不过你对他不要期望太高。"

"好呀。"贾丽丽笑笑，提议出去走走。我不想去，因为外边太冷，冻得全身疼。她说她开车来的，车上有空调，先把贾丹丹送回去，有事单独给我说。我的疑心又出来了，想着她会不会给我下什么套，但又觉得她肯把亲妹妹介绍给钟旭，应该不是坏人，于是上了车。

开了十分钟，贾丹丹在小区门口下车，羞涩地冲我挥手再见。雪花一片片落到她头上，衬得她的脸小了一圈，我想，钟旭能娶到她，定是几世修来的福分。贾丽丽掉头，往回开，路面的雪化了一部分，她开得非常慢，仍能感到轮胎打滑，我暗自祈祷别出什么事。

"她是个哑巴。"贾丽丽突然说。

"噢。"我回想，她确实一句话都没说。

"小时候生病，烧哑的，全国都看遍了，还去了美国，所有医生都无能为力。"

我叹了口气。

"你觉得她怎么样？"

"挺好的，是很好的女人。"我说的是真心话，不会说话没什么不好，我喜欢安静的人。

"你还记得赵金沃吧。"她把车子拐进一条小路，再次提起这个名字。

"嗯。"我说，"以前的校友。"

"他是我老公。"她继续盯着前方。

"噢。"我点头，"怎么了？"

"跟你说实话吧，我之所以知道你，是看了他高中的日记本，三大本，全都关于你，就连你上厕所的时间，他也记录下来了。他说你神秘、奇怪、有趣，像一株食人花，但从没写过爱你，所以我对你非常好奇。这些年我一直通过各种途径打听你，想见你一面。我几乎知道你高中所有的事。"

听到这段话，我的第一反应：这是个骗局，而且是不着调的骗局。赵金沃记录我？不可能。我和他几乎没有交集，连他什么样都不记得，他更不会了解我是什么人。而且我和他不同班，他怎会知道我什么时候去厕所呢，再说了，谁会保留二十年前的日记本？实在太荒谬了。

"我想请你帮个忙，要是成功了，我就把妹妹介绍给你弟弟。

你妈妈应该也着急了吧。"她转过脸看我，表情严肃。

"什么？"我有点不高兴，果然，天下没有免费的午餐。就说嘛，她干吗操心钟旭的终身大事，原来是想让我帮忙，我能帮什么忙呢，除了写字啥都不会。何况，她拿亲妹妹做交易筹码，不免有些卑劣。想到这儿，我打算拍屁股走人。不给介绍算了，塞翁失马，焉知非福，自由自在挺好的，没准已婚人士很羡慕钟旭呢。

"你去医院，看看赵金沃，他住院了。"贾丽丽叹气。

听到这话，我心里一惊，不会是绝症吧？临死前想见我一面，聊聊青春往事？我写过一个狗血剧本，里面的男主就是这样，临死前非要见初恋一面，满世界找，好不容易找到，终于含笑九泉。可我不是赵金沃的初恋，而是他兄弟的女朋友，于情于理都说不过去。

"怎么回事？"

"被我打的。"她面露难色，"前几天吵架，我拿花瓶砸了他的头。哎哟。"

"所以？"

"你上去看看他，劝他别和我离婚嘛。"能看出她很沮丧，"这么点小事，至于闹离婚吗，七大姑八大姨都来了，谁劝也不听，所以我想到你，他写了那么多你的事，没准你的话他听得进去。"

我一向奉行的原则是劝离不劝和，能动手尽量不动嘴，所以我拒绝了她的请求，并问她能不能送我回家，享受到车的温暖后，我不想步行了。

"我一生的幸福掌握在你手里，你是我最后一根稻草了！就算你不为我想，也要为孩子想想啊，难道你没有母爱吗？"她几乎吼起来，声音变得厚重低沉，温柔无影无踪。

你的孩子我为什么要有母爱，难道我对全天下的小孩都有责任？我想拿这句话堵她的嘴，又觉得太残忍，一个即将失去丈夫、被亲戚羞辱的胖女人，不应再承受我的冷嘲热讽。你看，我除了懦弱，还很容易心软，这恰好解释了为什么刘星抵押我的房子，他认定我不会绝情绝义，人嘛，都捡软柿子捏。

她也开始捏我了，继续在我耳边唠叨，从孩子到婚姻，再到工作能力，钱多钱少，生老病死，人生意义啥的。总的来说，她认为女人的一生，只有家庭美满才是美满的，其他都是边角料，女人的奋斗目标，就是家庭和谐，丈夫开心，孩子上进，晚年有陪。

这下我确定了，她不仅胖，而且蠢得无可救药，道不同不相为谋，或许她瞧不起我，认为我不婚是对女人的亵渎。想到这儿，我几乎要暴跳如雷了。她没察觉我的变化，而是发动车，缓缓往医院方向移动。我没好气地说我要回家，她看我一眼，突然大哭起来。好家伙，她挤着眼，哭声震耳欲聋，像一头临死发狠的猪，玻璃都要震裂了。我心脏一阵难受，连忙同意她的要求。别说医院，去哪都成，只要能停止这该死的哭声。

到医院后，贾丽丽告诉我病房号，叮嘱我多说点好话。我点头，准备下车，她突然拉住我的手，小声说："如果他不爱我的话，干吗要和我结婚呢，所以他还是爱我的吧。肯定的，不只因为我爸爸，他肯定是爱我的。"她的眼睛蒙着一层雾。我捏捏她的手，没有说话。

我找到赵金沃的病房，走进去。里面人不少，患者躺在床上，陪床的坐着或站着聊天。我扫一眼，很快认出赵金沃，如果凭空回想，我刻不出他的相貌，但看到这张脸，还是能认出来的。他没怎么变，细长脸，尖下巴，头上缠着绷带，状态还不错。我走近他，想看看他什么反应，才发现他身边坐着一个年轻女人，大概二十来岁，娃娃脸，齐刘海，皮肤白嫩。我暗自猜测俩人的关系。赵金沃看到我，眯起眼，打量了几秒钟，又低下头，应该没认出我。那女人疑惑地盯着我，我指指他，喊了声赵金沃。

"我是秦玲，你还记得吗？"我笑笑。

赵金沃抬头，"噢！是你。"他发出吸溜声，"我想起来了。"他拍拍床，示意我坐。

女孩给我倒了杯热水，坐到赵金沃身边，紧紧抓住他的手。看来俩人的关系非同寻常。贾丽丽没告诉我他们吵架的原因，什么事会大打出手呢？百分之九十的可能是外遇。果然，赵金沃大大方方给我介绍他的女朋友，苏小冉。名字和长相倒是般配，白净柔弱。我冲她笑笑，不知道说什么。俩人在这儿恩爱，我总不能劝他回老婆身边吧，同时，我又觉得他胆子真大，把女友带到医院，铁了心离婚，一般人做不出来。他没问我为什么来这里，也没提起记录我的日记本，倒是问了问和高中的男朋友有没有联系，我说早没联系了，他说他也是。他又问我做什么工作，结没结婚，我如实回答。他笑着说，时间过得太快了，能将人完完全全改变。我说是啊，就是这样，一成不变多没意思啊。最后我走时，女孩又给我倒了杯热水，让我握着暖手。我想到此次来的目的，竟觉得有些对不住她。

当我告诉楼下的贾丽丽，我毫无用处时，她表现出前所未有的愤怒，下车，用力甩上车门，骂我是个不知检点的婊子。我惊呆了，先是迟疑，为婊子这个词，后来我反应过来，展现出真正的婊子风范，与她对骂。大冷天，吐出的哈气越来越多，我几乎看不到她的胖脸，只是叉着腰，站在雪地里，张着嘴骂。我说了很多以前说不出的难听话，她被我的气势压倒，渐渐没了声音。我第一次体会到原来骂人这么爽，任督二脉仿佛打通了，新世界的大门敞开怀抱。来来往往的人看着我们，围观了一会儿，很快散开。我知道我赢了，贾丽丽的表情像败阵的将军，努努嘴，什么都没吐出来。最后她呸了一口，扭着屁股上了车，逃命般开走了。

事后我想起这个场面，觉得不可思议，她为什么突然骂我，而且骂我是个婊子呢，难道仅仅因为没帮她挽回老公，还是她想到那个神奇的日记本，觉得我也是她潜在的敌人？我又是如何放开自己，像个真正的婊子一样与她对骂呢？不过我不后悔，甚至感到一丝轻松，大概把晦气转到了她身上。那天我依然步行回家，竟然一点都没觉得冷，不知哪里来的热度，使我出了一身汗，全身暖烘烘的。路上又给刘星打了电话，一开始他有些紧张，哆哆嗦嗦不敢说话，我柔声细语地劝他，你别着急，慢慢凑钱，世上没有解决不了的事。他很感动，说这周绝对办妥，让我好好照顾自己。后来我又去公园溜了一圈，几个孩子在堆雪人，头已经成型，胡萝卜鼻子发着光。我望着那乌黑的葡萄眼睛，突然想到爸爸，他会不会也有一双这样的眼睛呢，恐怕只有妈妈知道。回到家，妈妈已经做好晚饭，钟旭低着头喝粥，热气氤氲在他的发梢，亮晶晶的。我激动地说，嗨，你不知道，你今天差点有个老婆！他一动不动，没有搭话。吃完后，他躺到沙发上，听着音乐打游戏，我看着他，好吧，漫长的一天结束了，想到这儿，我更高兴了。

他的家

你走到货架中间，拿起一包卫生巾，放下，又拿起另一包。你低着头，假装在看卫生巾上的字，余光却不由自主地在她身上流转。她穿着蓝绿色工作服，挂着工作牌，上面有她的名字和照片。你走过她身边的时候不经意看了一眼，你觉得上面的照片很好看，名字充满浪漫，你想着，就连她卖的东西也这么冷静，不是酸奶，不是薯片，而是卫生巾。一个在超市卖卫生巾的售货员。你偷偷打量她，和你一米七的个子相比，她真不算高，一米六二的样子吧。你俩都是平胸、偏瘦。你想，她爱运动，身体肯定很健康。而你最不爱动了，心血来潮办的健身卡，已有半年多没用过，当然，你把这归咎于健身房离学校太远的原因，而不是自己的懒。你看着她的侧脸，鼻子很挺，眼睛很大很深，有一种西方美，这跟你完全不同。你有一张典型的东方女孩的脸，眼睛也很大，只是鼻子不够高，导致整个面部的立体感差了些。

你突然觉得很沮丧，想头也不回地走掉。

突然，她看到了你，迈着匆匆的步子走过来。你告诉自己要冷静，却不敢抬头看她，只是紧紧握住那包卫生巾。她走到你身边，离你这么近，你闻到她身上的味道，是淡淡的兰花味，这种味道少女才有，而她已经三十岁，比你大了整整一轮，你俩都属鼠。

"想要什么牌子的？"她问你，语气并不热情，根本不像一个售货员。

你随便说了一个牌子。

"在对面。"她说完就往前走，你只好跟着她。

她拿给你一包卫生巾，包装是淡粉色的。"你适合用这个。"她说。

你终于抬头看她——她的眉毛、她的眼睛、她的鼻子、她的嘴巴。虽然你私下已看过无数遍她的照片，是在他手机里偷偷看的，但你还是觉得这张脸很陌生，反而透过她的脸，望到了他的脸，是的，他们的联系永不能割断，因为他们得到过所有人的祝福，还有一个三岁的女儿。

"谢谢。"你拿过淡粉色的卫生巾，想冲她笑笑，但你努力几秒钟就放弃了，你笑不出来。这几秒钟里，你一直看着她，她也奇怪地看着你，你想从她眼神里得到一些信息，但是什么都没有。你对她而言只是一个陌生的来买卫生巾的顾客。她对你而言呢？你说不出来，你对她充满好奇，对她的生活、她的喜好、她的一切充满好奇。

"还需要别的吗？"她问你。

你犹豫一下，然后摇摇头。她真美呀，你再次在心里感叹，像个混血儿，就算穿着工作服也能让人眼前一亮。你不得不承认你嫉妒，嫉妒她的美，也嫉妒她陪在他身边，享受他无微不至的照顾。

"超市几点关门？"你冷静地问，心里却突然出现一个不冷静的想法。

"九点半。"

你点点头，把她留在身后，你的身体兴奋起来，看看表，还有一个小时下班。你拿着卫生巾，结账，然后在超市门口的蛋糕店坐下，点了杯热奶茶。

这一个小时你百无聊赖，整个店里只剩下你一个客人。你在心里打定主意，今晚不回学校，你给舍友发短信，让她们锁好门。然后你打量正在打扫卫生的服务生，你发现他长得很像你高中的男朋友，高，瘦，黑，看起来既好看又结实。紧接着，你又想到他，他是你上大学才遇到的，是那种放到人堆里就找不到的三十多岁的男人，如果是在以前，你根本不会瞧上他，可是现在却和他在一起，你想不出这其中的缘由，这太奇怪了，他不好看，皮肤松弛，也没有钱，甚至有些粗俗，再普通不过。她倒是很美，你想着，他根本配不上她。

服务生走过来拖地，你觉得他有些不耐烦，因为你坐着，他就不能早点下班，你感觉他想让你快点走。

"嗨。"你冲他打个招呼。他抬起头看你，你知道你很好看，你的要求从来没有人拒绝过，你清楚自己的优势。"几点下班？"你笑着问。

"正常是九点。"他的态度比刚才好些，你甚至觉得他有些难为情。

你点点头，现在已经九点二十，她还有十分钟下班。你继续冲他微笑，"你是哪个学校的？"

他说了一个大学的名字。那个大学离你的学校很远，一个在城市的东边，一个在城市的西边。你又想到他，他的家也在东边，他去找你的时候要开车穿越整个城市。

"学校允许夜不归宿么？"你问。

他点点头，说，"当然。"

你还在笑，然后听到超市下班人流涌动的声音，你有些着急，脱口而出："今晚和我一起住吧。"

他诧异地望着你。你不笑了，你说你是认真的，自己一个人住酒店太害怕，你还告诉他他像你的初恋，让你很有安全感。你听到血液在全身流动的声音，你透过他的眼睛，看到他身体里流动的欲望，你一点也不害怕，这也有些奇怪，你想着，你怀疑自己醉了，但今天你没有喝酒。

她出来了，换了自己的衣服，一个鹅黄色羽绒服，在冬日的夜晚里闪闪发亮，她往公交站牌走，你和服务生跟在她身后。你没有问服务生的名字，你不想知道。

"我们去哪？"服务生问你。

"到了你就知道了。"你突然有点嫌弃他，即使他长得像你的初恋。

你们跟着她上了公交车，你和服务生坐着，她站在你们不远处。她背着草绿色的包，乌黑的头发披散下来，冷淡而沉默地站着，像一尊石膏像。你真心觉得她美，很特别的美。你想给她让座，因为她怀孕了，虽然她的肚子没有隆起，但你就是知道。他告诉过你，他们准备要二胎。你好想跟她说话。

"你叫什么名字？"服务生问你。

你快速说出一个名字，是你讨厌的一个女生的名字，你不想把你的真实姓名告诉他。你开始讨厌你做的决定以及这个陌生男孩。

"真好听。"你听他发出赞叹，点点头，你知道你现在需要问他的名字才显得礼貌而不尴尬，但你没有，你对他一点兴趣都没有。此刻，你只对她感兴趣，你盯着她，观察她，而她只是静默地站着。

"你在看什么？"显然，他对你前后截然不同的态度有些疑惑，毕竟你在蛋糕店那么恳切地希望他晚上能陪着你。

"你看那个女人。"你用手指给他看，服务生顺着你的指尖望过去，还是没能明白你指的是谁。

"就是那个呀！那个穿黄色羽绒服的女人。"你有些着急。

服务生看了看，"怎么了？"

"她怀孕了。"你兴奋地说，你不知道你为何这么兴奋，你感到你的骨头一节节断开又重新连结，像小时候经历的生长之痛。

"你怎么知道？"服务生不相信。

"是真的，我通灵，有能力感知。"你笑起来。

服务生也笑起来，他以为你在开玩笑，事实上你就是在开玩笑，但你又觉得这是真的，那一瞬间你真的以为自己有通灵能力。

你们笑了一会儿，他握住你的手，你没有反对。你们坐了好一会儿，她下车，你赶紧说到了，拉着他下车。你们看起来像一对恋人。

她往前走，你在心里把她每个脚印连成线，就像小时候看星星那样。她走的路弯弯曲曲。她的屁股很大，你猜她的第二胎可能是个男孩。她没有左顾右盼，缓慢地向前走着，像在等待着什么一样，你肯定她不会发现你的尾随，但你还是和服务生放慢脚步。

"那个女人漂亮吗？"你问服务生，你期待他的回答。

他失望地扫一眼，"不漂亮，年纪太大，个子太矮。"

你其实是有点开心的，你的妒意快要把你脑袋烧坏，你又接着问，带着一种幸灾乐祸的语气："是吗？那我和她谁漂亮？"

"当然你啊，你比她漂亮太多。"服务生几乎没有思考就回答了你，他看着你，冲你笑。你清楚他的目的，但你宁可相信他说的是真心话。因为之前他也这么说过，他总是说，宝贝，你比我老婆漂亮太多。事实上的确如此，如果没有他，你根本不会对她产生好奇，她只是一个在超市当普通售货员的三十岁的女人，这么想来，他和她其实很般配。

"我们去哪？"服务生又问你。这次你回答说去酒店，你知道她家对面就有个酒店，有一次他带你去他家的小区停车，你看到的。那次她回娘家，你们偷偷约会，把车停到小区假装回家了，但你们停完车就打车去了不远的酒店，你问他为何不在对面的酒店，他说离家太近，会硬不起来。

她拐进小区门口，那抹鹅黄消失在夜色里，你能感受到她上楼，开门，跌进温暖的巢穴，有丈夫和孩子等她，也许还会给她几个吻。你突然又想，也许并不会，你知道他们已经很久没有性生活，他说过对她的身体已失去兴趣，但这话无从证明。

你们拐进酒店，你给服务生钱让他开好房，因为你没有带身份证。他犹豫片刻，还是接了你手中的钱。

你在外面等，盯着对面的小区，你知道他们家在哪个位置，你很想给他打电话，但你不知道跟他说什么，难道问他你妻子是不是真的怀孕了？你被自己的滑稽念头逗乐了，在寒风里咧开嘴笑的时候，一股寒流进入你的体内。好凉，你捂着肚子，痛苦地皱眉头。你突然很想一走了之，你感觉再这样下去你会生病，而生病的时候没人带你去医院，服务生不能，他也不能，你想到之前你发烧，他一大早开车去接你，带你去医院打针，被车流困在路上，他气得破口大骂，不停鸣笛。他有时候就是那么粗俗，但你爱他，你必须承认这一点。

服务生开好房，你们一同走进去，他握着你的手，你摸到他手心渗出的汗，温热潮湿。你觉得他有些可爱，他是你的同龄人，也许还没有你经验丰富。于是你故意挠挠他的手心，你的思绪被拉回高中初恋的时候，没有肉欲，和你与他的感情是不同的。

房间很暖和，这个房间是临着马路那一面，有一扇窗，透过窗正好可以看到她家，你只看到白色的灯光，其他什么也看不到，你难过地想，要是有望远镜就好了。

服务生走过来，问你："在看什么？"他把手放到你的肩膀上，你感受到他轻微的颤抖。

"没什么。"你转过身来面对他，他真高呀，你只能使劲仰起头才能看到他的脸，他的眼角有一颗痣，显得很伤感。

他的手往下移，缓缓地移到你的腰上，你有点痒，忍不住笑了。

"怎么了？"服务生诧异地望着你，手尴尬地收回。

"没什么。"你又这么说，拍拍他的胳膊，接着说："你叫什么名字？"

他说出一个名字，这个名字在你的脑子里闪了一下，还未生成记忆就消失了，"左耳进右耳出"，你想到小时候听过的这句话。你明白你不是真的想知道他的名字，你只是客套一下。

"想喝酒吗？"你问他。他点点头。你给他钱让他出去买些啤酒零食回来，他说他有钱，你还是把钱硬塞给他。

他出去了，一分钟后，你透过窗户看到服务生行走的年轻背影，真像你的初恋，你在心里感叹，你渴望对他产生爱意，即使你不知道他有没有女朋友，可你就是迫切想爱上这个陌生人，在这个夜晚和他做爱。但你现在做不到，你的头剧烈地疼起来。

要是有望远镜就好了，你再次想。你想到你和他在一起时的事，你记得有一次你们买了一堆零食，开了很久的车，来到一个湖边，湖边有个竹子搭的房子，是个餐馆，老板是个中年人，只有一只眼睛。他曾经把一只黄猫寄养到这个餐馆，他带你来是为了让你看看那只黄猫，但中年人告诉你们那只猫不见了，自己跑走的，你很失落。为了表示愧疚，中年人豪气地说："这是大哥的地盘，你们随便玩，吃喝免费。"但你们并没有那样做，日后常拿那句话打趣。那个时候你还不怎么喜欢他，他说他想吻你，你没有拒绝，你天生就不会拒绝别人。你记得那几个湿漉漉的吻，他的嘴唇紧紧贴着你的唇，舌头伸进去，仿佛要把你吞到肚子里。

服务生回来了，买了十瓶啤酒，还有一些凉菜、熟食，你的肚子开始咕咕叫，这是你这个月第一次感觉到饿，你已经好久没认真吃过东西，饥饿感一来，差点把你吞噬掉。

"想吃馒头。"你边吃边说，"好饿啊，饿死了。"

服务生非要再下去给你买馒头，你连忙说不用，心里升起小小的温暖。你打量他，其实他长得很好看，又干净又结实，全身都是生机勃勃的味道。

你们打开啤酒，拿着瓶子干杯，咕咚咕咚灌进嘴里，冰凉的触感从喉咙一路向下，你感受你身体的构造，回忆上课时老师让你看的器官图。然后你们开始接吻，你忘了是谁先开始的，他的嘴巴有些干燥，舌头也不灵活。你开始摸他，发现他没有硬。于是你松开他，他什么也没说，你们接着喝酒。

"我喜欢一个男人，就住在对面的房子里。"你吸吸鼻子，不由自主说起来，你怀疑自己疯了，这件事是你心里最沉重的秘密，你连最好的朋友都没有讲过，但你控制不住自己，嘴巴不停说着，安静不下来，"他有妻子，还有个女儿。"你感觉脸上麻酥酥的，像被轻微地点击，原来是你哭了。

你看不清服务生脸上的表情，你感觉到他抱住你，拍拍你的背，又吻吻你的额头。你很想睡过去，但你觉得太痛苦了，心脏放进绞肉机里翻来覆去。

"我来这里是想看看他们的生活。"你接着说，"但我近视，什么也看不清。"

"我有望远镜。"服务生说。你怀疑你在做梦或者听错了。

"什么？"你问。

"我有望远镜呀。"他放开你，从包里拿出一个小小的黑色望远镜。你不可思议地望着服务生，你觉得这太神奇，像魔法，服务生就是一个精灵。后来你才想到这可能是他用来偷窥女生宿舍的工具，你在学校听过这样的事。

你拿着望远镜，走到窗边，一切都清晰起来。你找到他们的屋子，惊喜地发现没有关灯，也没有拉床帘。你在卧室里看到了他，他穿着蓝色的睡衣玩电脑，偶尔用手抓抓头，你看到他隆起的肚子，甚至看到他的腿毛。卧室是蓝色的，床是蓝色的，衣柜是蓝色的，就像海底，像你们一同去过的海洋公园，在那里，还留下了你们唯一一张合影。你寻找她，她和女儿在客厅，电视开着，在放韩剧，客厅不大，沙发也不大，她穿着睡裙，涂一瓶绿色的指甲油，女儿在玩积木。他们家普普通通，甚至没有你家宽敞。你放心了，更失望透了。你一直想去他家里看看，那种劲头甚至让他无法忍受，和他闹过很多次脾气，因为他不能带你回家，因为你们没有一个共同的家，这曾经让你嫉妒地发疯。

"看到了吗？"服务生问你。他说他也想看一看。你清醒了一些，对他又有了敌意，你开始后悔告诉他你的事情，你感觉他一点也不可靠。于是你说他们熄灯了，什么都看不到。

服务生把望远镜收起来，你问他为何有望远镜，他说他是天文专业的，你不敢相信，你所在的城市这么小，一所重点大学都没有，竟然会有天文专业，如此神秘高贵的专业。你说你小时候就想当个天文学家。他害羞地笑了。

你吃惊地发现，你们两个把十瓶酒都喝光了，怪不得你头晕胃疼。你说你要去洗澡。你简单冲洗，连沐浴露都没有抹，还是一身酒气。你洗完后他进去洗，你躺到床上，把衣服脱光，盖上被子。你一点也不困，非常清醒，你想到你的第一次，特别疼，像一根火把在阴道燃烧，他一边安慰你一边进入，过程很漫长，疼痛也很漫长，直到完全进入，痛感才消失。你记得你和他曾一起住过三天，白天他去上班，你无所事事，躺在床上等他下班。晚上他回来，先跟你做爱，接着一起抽烟，一起洗澡，然后他开车带你去郊区的特色餐馆吃晚饭，你记得那段路，有很多立交桥，很多黄色的路灯，他总是放张楚的歌，你记得他在路上说会永远爱你，永远对你好，你也记得那个餐馆，有很多小亭子，还有灶火，门口是一只被蒙起眼睛推磨的驴。你们吃完饭就回酒店，他会在上车前把你推到树上吻你。

现在你很想哭，你拿起手机给他发短信："我见到你老婆了，很漂亮呀。我在跟别的男人做爱呢。"你等了半天，直到服务生洗完澡出来，他都没有回。你透过窗户看到他们家熄灯了，一片黑暗，也许他们也在做爱。

服务生裹着浴巾钻进被子，他摸你，发现你没有穿衣服，你抱住他，把头埋进他的怀里。他沉默十秒钟，把你放平，哆哆嗦嗦骑到你身上，就连吻也是颤抖的。你们吻了好一会儿，你摸他，他硬了，但是不够硬，这种硬度无法做爱。他吻你的脖子，锁骨，乳房，依然在发抖。

"你紧张？"你问他。他点点头。你又问他是不是处男，他又点点头。你在心里叹口气，突然失去做爱的兴致，你让他离开你的身体。

"对不起，今天我没状态，胃痛。"你说。服务生没说话，你抱了抱他，说，睡吧。他一会儿就睡着了。

你也闭上眼睛。除了那个男人，你这是第一次跟别的男人躺在一张床上睡觉。你想快点睡着，但你怎么也睡不着。你想看手机，虽然你知道他没有给你回，他不会再回复你，你们在一个月前就已经结束，你们都说好了。

你陷入迷糊的状态，你知道是酒精的作用，你像是睡着，但还有意识，半夜里你感觉服务生贴紧你的身体，发出沉重的呼吸声，像一层层海浪。你想转过身抱住他，又怕把他吵醒。就这样，不知过了多久，你睁开眼，发现天还是黑的，隐隐透出微光，你知道天要亮了，他还沉沉睡着。你轻轻坐起来，看表，六点。这是你这个月睡得最长的一次，你总失眠，医生说你有些神经衰弱。

你来到窗户，拿起服务生的望远镜观察，他们一家人还在睡，你去卫生间坐着抽烟，又洗了澡，出来一看服务生还在沉沉睡着，他们一家人已经起床收拾。

你看到她给女儿穿衣服，然后他带女儿去洗脸刷牙，小姑娘似乎一直在哭，他气得打她一巴掌。女人在房间里换衣服，你观察她的裸体，并不美，所以他才得不到欢愉吧，你坏坏地想着。他们出门，你的眼睛紧紧盯着他们，他们走出小区，到旁边的包子铺吃早饭。你也想吃包子，你全身发抖，犹豫几秒钟，拔了房卡就冲出去。

你一进门，他就看到了你，他一点情绪波动都没有，冷静地看你一眼，继续低头吃自己的饭。你观察他对面的女人和女儿。她穿一件酒红色大衣，在喂孩子豆浆。你要了包子和粥，故意在他们旁边坐下，听他们说话。女人在说一些无关痛痒的话题，他几乎不说话。快要吃完的时候，女人一下子把他的豆浆打翻在他衣服上。你吃惊地望着他们，全店的人都吃惊地望着他们。你以为你会幸灾乐祸，但你没有，那一刻你竟然很想哭，你觉得世界太不公平，就像你高中时觉得有钱人家孩子过得太好却不珍惜一样，她拥有他，却愿意打碎这种生活，而这是你梦寐以求的，怎么也得不到的。

他们走出去，你也走出去，你看到他回头看了你一眼。

服务生已经醒了。"我以为你走了。"他说。

你笑着摇摇头，脱掉外套躺回床上，"你有过喜欢的人么？"他说有，你接着问他喜欢什么样的。

"就是你这样的。"他哈哈大笑，你也跟着笑。他的身体很暖和，你的脚终于不凉了。

"一会儿跟我去趟幼儿园吧，天文学家。"

"你要去看他的孩子？"他问你。你点点头，你猜他会觉得你脑子不正常，但他竟然同意了。

"每个人都有苦衷啊。"他说。

九点多，你们从酒店打车去幼儿园，你知道那个幼儿园在哪，你也知道他女儿的姓名，你在附近的超市买了一袋零食，你要假装她的亲戚。老师相信你们，允许你们带她在操场玩儿滑梯。小姑娘眼睛很大，这点跟你很像，之前他告诉过你，你和他女儿很像，就算说是孩子的亲妈也有人相信。

她接过零食，你又让服务生去给她买冰激凌，她很开心，一会儿姐姐，一会儿阿姨地叫你。你想到你之前和他说过的话，你说他要是离开你了你就把他女儿拐走。你心里想的是这个恶毒的计划，但你心软了。你看着她的鼻子，简直跟她爸爸一模一样，脸型也一样，即使这是他和另一个女人生的孩子，你也讨厌不起来，你只想把她抱在怀里，哄她睡觉，给她读睡前故事，陪她玩积木。

"你喜欢爸爸还是妈妈？"你问她，捏捏她的小脸，又软又嫩。

她想了一会儿，说："都喜欢。"

"只能选一个呢？"

"妈妈。"她说，"也喜欢爸爸的，不要告诉我爸爸。"

你想对她说，不喜欢爸爸就把爸爸送给我好了，我天天给你买零食。但你什么也没有说。

服务生买回冰激凌，你递给她，拍拍她的头。"走吧。"你对服务生说。

"怎么，你不绑架了？"他笑嘻嘻地问。

"不了，她还蛮乖的，不像她爸爸。"你和服务生冲小姑娘挥挥手，她目瞪口呆看着你们。突然，服务生跑到她面前，大声对她说："你记住，你爸爸是个混蛋！"小姑娘一下子被吓哭，虽然她不懂混蛋的意思，但服务生说话的语气让她害怕。

你们跑出幼儿园，突然发现太阳当空，雾霾消失了。你心情稍微好些，问他有没有女朋友，他说没有。你突然觉得你们还是挺合适的，身高般配，这个人看起来也不错。你真的很想和他好好爱一场，虽然你忘记了他的名字，他也不知道你的真实姓名，但是有什么关系呢，你想，你能和小姑娘的爸爸坠入爱河，你就能和任何人相爱。

你们走回酒店的路上，他问你还能不能再见面，你说人跟人的相遇都是上天注定，凡人不可预测，他又问你不是有通灵的能力么，你就不好意思起来。

这条街到了晚上就是繁华的夜市，你和他曾有一次来过，吃了你爱吃的烤猪蹄和章鱼小丸子，你们在夜市里手拉手，偶尔他吻吻你，看起来就是旁若无人的情侣。你想过无数次和他生活的场景，房子要日系风格，最好有个阁楼，灯是奇形怪状的木灯，床和被子是无印良品的，你们不会要孩子，白天你在家里看书做饭等他下班，晚上你们做爱或者听摇滚看惊悚电影。你幻想过无数次，明知这不可能实现。你才二十岁，你的人生才刚刚开始，而他呢，他的一切都已成定局，你是崭新的，而他不是。你早就明白的。

　　你和服务生回到酒店，发现已经十一点多，你们收拾好东西退房。你说要请他吃午饭。你们走出酒店，想去对面吃麻辣烫。你感到你的食欲回来了，你终于有点开心，你知道这不太容易。

事已至此

得知妻子怀孕那一刻，我内心一阵窃喜。为何是窃喜？因为她怀的不是我的孩子。我没疯，我不在乎什么绿帽子。我倒期望她把我丢下，不管不顾奔向那个男人。这样的话，我就可以和小刘名正言顺在一起，且过错方不是我。其实就算是过错方是我也无妨，我没房子，也没存款，没有什么可以拿走的。我只是觉得，妻子是个麻烦的女人，我犯一丁点错，她都可以在我耳边嗡嗡一年，如果我出轨，她可能要一辈子无休无止地缠着我。

"什么时候的事？"我问。

妻子不可思议地望着我，"你不生气？难道你不该问问孩子的爸爸是谁？"

于是我只好假装愤怒，把桌子掀翻，饭菜扣在地上，"是哪个狗日的？！"

"好吧。"妻子鄙夷地看着我，我知道，下一步她要羞辱我了，果不其然，她说，"是个艺术家，比你有出息。"

"好吧。"我说，"你们认识多久了？"

"三个月吧，在酒局上认识的。"

好吧，我想，看来还是我先出轨，我和小刘好了一年多，不过我永远不会让妻子知道。

"你打算怎么办？"我问。

"我要把孩子生下来。"妻子斩钉截铁，盯着我的眼睛，我甚至都能看到她的小眼睛里发出刀子般的光。她的手握成拳头，仿佛下一秒就会打在我脸上，我紧张地咽口水。不过我转念一想，现在出轨的人是她，我他妈才是受害者，我不能怂，我要硬气。

"怎么生？跟我生吗？"我故意抬高语调。

"当然不是！"妻子说，"我要和孩子的爸爸生。"她面无表情，"我要和他在一起。"

天知道此刻我有多激动，我的大脑飞快运转，浮出小刘的脸，还有那圆圆的大眼睛，以及她软绵绵的身体和声音。我差点笑出声来。我真希望妻子立刻就走，我不想再和她多说一句话，我只想给小刘打电话告诉她这个喜讯，我猜小刘会开心地跳起来，毕竟她一直说希望我们可以光明正大在一起。

"嘿，你在想什么？"妻子皱起眉头，盯着我看，"我怎么觉得你挺高兴的？"

"放屁！"我也皱起眉头，"王小芳，你给我戴绿帽子，我能高兴起来？"

"好吧。"妻子说，"这不像你的风格。"

"什么风格？"

"没事，就感觉有点怪，你太冷静了，这不正常。"

"难道我还要去自杀吗？"我问，然后看向窗外。外面是棵绿油油的杨树，是我父亲小时候栽的，这套平房也是他的，我们住在他的房子里，他住在养老院里。"事已至此，已经没有挽回的余地了，我很绝望。"我发出悲伤的声音，连我自己都差点相信我是真的很绝望。

"好吧。"妻子说，"事已至此，我必须得走。"

"好的，你走吧。"我把脸埋进手心里。

她站起来，高跟鞋发出清脆的声响，看来她早就打算要走，一般情况下她不穿高跟鞋，和小刘不一样，小刘无论什么情况下都要穿高跟鞋。妻子人高马大，小刘小鸟依人，性格方面也完全相反。以前我喜欢妻子这种类型，结婚后我喜欢小刘这种类型，人总是在不断变化，最可怕的事就是一成不变，比如女人经常说的那句话：你要永远爱着我。老实说，听到这句话我就想去死。还好妻子从未说过类似的话，因为她也是个善变的人，所以当初我们才会爱上彼此。

她的高跟鞋声音停在门口，过了一会儿，她突然说："不如我吃个午饭再走吧，我给你做饺子吃。"

老天啊，我失望地转过身，她站在门口，又把高跟鞋脱掉，换上她常穿的粉拖鞋。

"不用了，我自己吃，你想走就走吧。"我说。

"不，我想我们来一顿最后的午餐。"她看着我，"来抵消我一丁点的愧疚感。"

"你不该有愧疚感。事已至此。"我说。

"是的，事已至此。"她说，"事已至此，事已至此。"

"走吧。"我说。

她突然开始叹气，"不行，我必须亲自给你做一顿饭。"

"算了算了，我不吃饺子。"我说。

"别的也行，你想吃什么就做什么。"我突然觉得她有点悲伤，谁知道她又想到什么过去的事，女人总是这样，离开的时候优柔寡断。

"好吧，那就饺子吧。"

"好。"她咧开嘴冲我笑。我在心里咒骂自己，后悔答应吃午饭的要求。

她开始在厨房忙活，发出噼里啪啦的声响，太隆重了，我想，不就是离个婚吗，搞得生离死别一样。于是我走进厨房，她正在和面，我说我们去外边随便吃点得了，自己做太麻烦。实际上我们很少去外边吃饭，基本都是我做饭，她工作忙，我没有正式工作，整天闲在家，偶尔写点东西。

"不行。"她说，"这可是我们结婚十年最后的一顿饭。由我开始，由我结束吧。"

不知为何，我竟然觉得她的声音含情脉脉。我只好从冰箱里拿出肉馅，送到她跟前，"还需要点什么？"

"你去菜市场买点韭菜吧，韭菜鸡蛋肉，行不行？"

"好的。"我点点头，走出家门。菜市场离我家很近，出了胡同右拐，再左拐就到。我们住在老城区，治安很差，晚上睡觉前必须把大门锁得死死的。我们的邻居几乎都是老头老太太，他们被子女扔在这里，每月要点钱，白天晒太阳，傍晚跳广场舞，其实也挺自在的。他们比我父亲有福气，我四十岁了还在啃老，我连一套自己的房子都买不起，难怪王小芳要和别的男人生孩子。我想到"物竞天择，适者生存"这句话。

我走进菜市场。我突然想起，我和王小芳第一次见面就在这里，当然是她说的，我印象中并没有。我第一次真正见她是在酒局上，她非常爱喝酒，总是蹭各种聚会。结果那一次她喝得有点醉，她看到我后一把抱住我，她说："你记得我吗？我在菜市场见过你!"我仔细回忆,我说:"什么菜市场?"她说:"天元菜市场啊!我见过你在那儿冷冰冰地挑土豆!最后算账的时候钱不够,只好又去掉几个土豆。"她哈哈大笑,又喝几口酒。"好吧好吧。"我看看她的脸,实在是没印象,但她依然紧紧抱着我,好久没有女人抱我了,我的内心升起无法言清的感觉。酒局结束后,桌上的人都提议让我送她回家,反正顺路,送就送,我把她塞到出租车里,她抱住我就开始亲。那一年我们都三十岁,我单身,她也单身,干柴烈火,一点就着。

我找到卖韭菜的摊位,拿起一捆递给老板。"还要别的吗?"老板问。我摇摇头,付账,拿过韭菜,掏出手机,拨通小刘的电话。

"喂?"她奶声奶气的声音传过来,我不禁想到她的身体,细胳膊细腿,精巧的小胸,像个刚开始发育的未成年人。不过能理解,她步入成年世界才三年,可以忽略不计。

"宝贝,吃饭了吗?"

"吃了啊,怎么啦?"

"没事。"我不知道怎么跟她说这个消息,我必须让她好好震惊一番,我想看到她脸上的表情,于是我决定当面告诉她,"我没事,想你了,看看你在干吗。"

"我呀,我在床上躺着,很无聊。"

"哦。"我突发奇想,觉得应该好好庆祝一下,于是我问,"你想去旅行吗?"

"旅行?我们俩?"

"当然,你不是一直说想去度蜜月吗?"

"可是……"她犹豫,"你跟她请假方便吗?你怎么找理由?"

"方便,很方便。"

"那好吧。"我听到她细碎的笑声，"我们去哪里？"

"你想去哪里就去哪里。"

"我们去多久？"

"你想去多久就去多久。"

"啊。"她咯咯笑，像一只小鸽子，"我今天好好想想。你在干吗？"

"我在吃饭。"

"什么时候来看我？"

"今天就去。"我说。

"能过夜吗？"她刚大学毕业，自己租房子住，非常孤单，总希望我能陪她过夜，但我找不到夜不归宿的理由，只能白天去，晚上回来。

"能。"我没有像以前一样犹豫。

"真的？"

"真的。"

"太好了！"我仿佛听到她开心地跳起来，宛若一头横冲直撞的小鹿，这种情绪也传染了我，我有点飘飘欲仙。

"爱你，宝贝。"我挂掉电话。小刘比我小十九岁，很多时候，她像个情人，又像个女儿。每当我看向她，她低头吃饭，或者摆弄手机，或者在我身下呻吟，我的心脏都仿佛被人揪着，她那样柔弱，天哪，我不得不充满疼痛的怜爱，扮演一个理想中的英雄。

回到家，王小芳已经把饺子皮弄出来了，我把韭菜放到厨房，打算躺到沙发看电视，她一把拉住我说，"我弄肉，你帮我择韭菜，然后洗洗剁碎。"

"不行。"我说，"我还要看节目。"

她用奇怪的眼神盯着我，仿佛在看一头怪物，"顾东，这可是我们最后一顿饭，你想想吧！我们在一起十年了！"

我很想说十年真不算长，有的夫妻过了三四十年还离婚呢。但我什么都没说，而是乖乖坐到垃圾桶旁择韭菜，我要是说出那样的话，王小芳可能会把油锅泼到我身上。

"我们什么时候办离婚手续？"我问。

"明天吧，你觉得呢？"

"行。过几天也行。"

"怎么了？你有事啊？"

"有。"明天我肯定是和小刘躺在一起赖床，虽然我挺想离婚，还是不想在这样的时刻被打扰。

"什么事？"

"没事了，你想什么时候都行，好吧？"

"难不成你舍不得我？"

"别瞎想。"我顿了顿，"我明天想去养老院看爸爸，告诉他这件事。"

"告诉他他也不明白。他根本不认识你。"

"那也得说一声。"

"行，那你今天下午去吧。"

"成。"我点点头，"早点离婚也好，不用老是想着了。"

"好吧。"她说，"你这人真不会说话，你是不是早就想离婚了？"

"难道你不是吗？"

"好吧。"她点点头，"我都要离开你了，你怎么说话还是这种口气？"

"这样才能走得干脆嘛，你们女人就这么婆婆妈妈。"

"好吧好吧。"王小芳有点无奈，"虽然和你共同生活了十年，但始终没猜透你。"

这话太文艺了，不像十年的夫妻应该说的话。"我有什么好猜的？"我把烂韭菜扔到垃圾桶，把新鲜韭菜放到盆里，并没有看向她，"我就是个失败者，没房子没存款没孩子，现在连老婆也没了。"

　　"别这么说呀！"王小芳停下手中的活儿，蹲在我面前，细细地看我，不知为何，我觉得她有了少女的神态，就像第一次见面那样，醉醺醺，身体透出一束束光。

　　"那我该怎么说？"

　　"我一直都觉得你挺好的，不然当初也不会嫁给你。"

　　"你不是说你嫁给我是为了在这个城市落户吗？"王小芳出生在农村，认识我的时候她和一个女孩在这附近合租了一个平房，每天去画廊上班。她喜欢艺术，这座城市充满艺术气息，她说她最大的愿望是留在这里，所以她对我展开追求，只因我有个本地户口。

　　"这是一部分原因，还有一部分原因是别的啊。"她说，"我跟你也说不清。"

　　"好吧。"我说，"别安慰我了，走就痛痛快快走，追求你的理想生活吧。艺术家嘛，你适合跟艺术家在一起。"

　　"怎么听上去像在讽刺我？"

　　"没有的事。"

　　"真的？"

　　"当然。"

　　"你真奇怪。"她说完就站起来。

　　"怎么老说我奇怪？"我问。

　　她没有接话，把剁好的肉馅放到开水里，发出咕嘟咕嘟的声音。我回过头看着她的背影，说实话，她的身材保持得不错，几乎没有赘肉，从后边看根本不像四十岁的女人。我突然想到我们领结婚证的那天，谁都没通知，两个人坐很远的公交车到民政局，到门口的时候她突然来了例假，白裤子上都是血。我把衬衣脱下来，她缠在腰上盖住屁股，我光着膀子穿过两条街给她买卫生巾，回来的路上民警非要检查我的身份证。他问我是干啥的，我说我来结婚的，他问我未婚妻呢，我说坐门口等我送卫生巾呢。然后我跑回去，耳边只能听到呼呼的风声，前方的路被太阳照得发亮，像一面反光的镜子。我问她你真的愿意嫁给我吗，我还没有买房子。她说愿意，房子以后会有的，都会有的，幸福会降临的。

我把韭菜洗干净，用菜刀剁碎，她在碗里打上五个鸡蛋，拿筷子快速搅拌。我们看对方一眼，谁都没有说话。然后她打开煤气灶和油烟机，在锅里放上油，等了一会儿，把鸡蛋放进去，嘭嘭嘭，油点子溅到我的胳膊上，我赶紧把剁碎的韭菜放进去，她翻炒起来。我们从来没有一起做过饭，即使是刚结婚那阵子，都是我在她下班之前做好，随着结婚时间的延长，她的评价也由"好好吃啊，老公"变成"还可以吧"，最后面目全非：怎么这样油腻？怎么没味道？炒得太生了。当然，我得承认，我对她的感觉也变了，最开始她像一匹健美的野马，浑身上下都是美妙，后来她变成了一个怨妇，对所有的事情都不满意，最可怕的是，她开始挑剔我没房子，"现在的社会，没房子怎么生活？"她这样说，完全忘记领证那天自己说的话。我想不到那个艺术家如何让她满意的，肯定非常辛苦，不过也没准，万一俩人一拍即合呢。

"你尝尝，咸不咸？"王小芳夹起一筷子馅，放到我嘴里。

"不咸，正好。"

"你去看节目吧，没你啥事了，我来包。"

我走出厨房，打开电视，躺到沙发上。其实我没有要看的节目，跳来跳去最后落到某卫视播出的连续剧，看了几分钟，里面的人竟然也在闹离婚。男人想离，女人不想离，男人说只要你签个字，所有财产都归你，女人痛哭流涕，我不要钱，我只要你，你别跟我离婚！男人说不行，我就得离婚，其他的你怎么着都行，女人大声嚷嚷，拿出把刀准备自杀，你要是离开我我就死给你看！男人一把推倒桌上的花瓶，捂着头蹲下去，你就放过我吧，你就放我走吧，我求求你了，一夜夫妻百日恩，这些年我对你怎么样你还不清楚吗？女人似乎更加绝望，一屁股坐在地上哇哇哭。然后广告开始了，在这个空当，我想回忆我和王小芳的婚姻细节，我们这十年是怎么过来的，她是怎么刷牙的，又是怎么脱衣服上床睡觉的，想来想去我却只想到小刘那张嫩脸蛋。我拍了自己一巴掌。

"吃饭吧。"王小芳端出两碗饺子，放到餐桌上。我关掉电视，坐到她对面。

"怎么没醋啊？"我站起来跑到厨房拿出一瓶醋，浇到我碗里，"你要不要？"我问她。

"我不要，我不想吃酸的，我想吃大辣椒。"她咬一口饺子，"不行，我得去拿点生蒜。"

"家里没蒜了。"我说。

"那你出去给我买，你怎么忘了买蒜呢？"

"那你也没告诉我啊。"

"不告诉你你就不知道买？"她瞪我一眼。

"我怎么知道要买蒜？"

"你不知道我喜欢吃蒜吗？"

"你以前也没有怎么吃啊。"

"那你现在就去给我买！"她把筷子拍到桌子上。

"不去。凑合吃吧！"

"不行，我就得吃蒜，没蒜我吃不下去！"

我不理她，把饺子一个个塞到我嘴里，发出吧唧吧唧的声音。她的喘气声越来越粗，这是她生气的标志。然后她开始了战斗，她把我的筷子夺走，死死地盯着我。我突然非常烦躁，于是我说："我受够你了王小芳，你这都是什么臭毛病？"

"我怎么了？"

"你能不能别这么自私，能不能考虑考虑我？"

"我想吃蒜怎么了？你现在怎么变成这样了？你一个大男人出去买几头蒜委屈了？"

"我在吃饭，我不想去！要吃自己去。"

"顾东，操你妈！"她把我的筷子扔在地上。

"你他妈赶紧走！"还是没忍住。

一瞬间，她的眼泪夺眶而出，并没有拿手擦，反而怔怔地看着我。这十年里我没见过她哭，她一直是个坚强的女人，又冷又硬。不管是她的父母出车祸死掉，还是我们的孩子死于腹中，她都没掉一滴眼泪。今天竟然因为几头蒜哭，我真的被吓了一跳。我心想这也太反常了，莫非有大招？于是我赶紧说："小芳，你别哭啊，我立刻就去买蒜。"

"不用了。"她擦掉眼泪，把醋哗哗倒进碗里，"我就吃醋吧，酸儿辣女，儿子好，我喜欢儿子。"

我不知所措，茫然地盯着她把饺子塞进嘴里。

"你再去拿双筷子，继续吃吧，好吃吗？"她的语气恢复正常，抬起头看我。

"好吃，好吃。"我说，又去厨房拿了双筷子，继续吃，这次我不敢吧唧嘴了。

她的一缕头发别到耳后，耳垂上是菱形的耳钉，在阳光下闪闪发亮。我都不知道她什么时候打的耳洞，我也从没送过她什么像样的礼物，我们甚至都没过过纪念日——我和小刘还在认识一周年那天吃了顿浪漫的烛光晚餐。我想，是我和王小芳把每一天都搞得一塌糊涂，才会失去重建新鲜的兴趣和信心，事实上，新鲜感没了就是没了，不可能再次拥有，除非换人。我们都明白，所以我们不再抗争。

"孩子几个月了？"

"两个多月。"她说。

"为什么决定要孩子？"我不知该不该说，咬咬牙还是说出来，"你都四十岁了，还要做高龄产妇吗？"

"不是没想过打掉。"她说，"我去医院做检查，医生说之前流过一次产，这次建议保留，因为流产，子宫壁太薄。"

"哦。"

"你还记得我们那个孩子吗？"她面无表情地看向前方。

"记得。"我当然记得，我以为我要当爸爸了，我以为我可以重新开始生活。

"六年了，我们怎么就没继续努力呢？没准我们还能再有一个。"

我摇摇头，"谁知道呢，事已至此，还能怎么样？"王小芳的大肚照还存在电脑里，我没有删除的勇气，天知道这是怎么回事，闭上眼还历历在目。我记得我凌晨两点给她炖鲫鱼汤，也记得我们去超市挑婴儿的袜子和推车，她让我把耳朵贴在她的肚皮上，你听，孩子在叫爸爸，她这样说。

"我得把孩子生下来，艺术家才能和我在一起。"

"什么意思？"

"就是这个意思啊。不然艺术家为什么和我在一起？因为我有了他的孩子。"

"为什么不避孕？"

"酒后。"

"好吧。"

"你表现得一点都不恨我。"

我摇摇头，"不恨，恨你干吗，你有资格追求更好的。我能给你户口，不能给你别的。"

"唉。"她低下头，把碗里最后一个饺子吃掉，放下筷子，"我们做最后一次爱吧。"

"不行，你是个孕妇。"我拒绝。更主要的原因是我担心自己硬不起来，我们已经好久没做爱了，何况晚上我还要去找小刘，肯定会云雨一番，四十岁男人的身体在走下坡路，不能纵欲过度。

"没事，你轻点。"

"不行不行。"我摇头，"不能冒险。"

"我们多久没做爱了？"

"记不清了。"我说，"一年多吧大概。"

"我们吃了最后一顿饭，就应该做最后一次爱。"

"有什么关系吗？"我问。

"这才是个完美的离婚嘛！大家都这样！"

"不行。"我说，"我们不一样。"

她站起来，走到我身边，跨到我腿上，一屁股坐下，轻轻扭动腰。她的肚子很平，不像怀我们的孩子时那么大，哦，对，才两个多月，孕相不明显。她一边摩擦我下体，一边在我耳边吹气，我闻她身上的气味，茉莉花味，带点汗味，还有洗发水的味。我脑子里突然闪现我们第一次做爱的场景，也是在凳子上，后来我把她放到餐桌上，分开她的腿，一挺而进，她放声大笑，一边笑一边说，好疼啊好疼啊，我的处女膜，我说，去你妈的处女膜，说完我就射了，射完她还在哈哈大笑。

"你硬了。"她说着，站起来，把手伸进我的裤子里，一阵冰凉。我低头看着下边支起的小帐篷，非常惊讶。

"这是假象。"我说。

"这一年你光打飞机了吗？"

我没理她，我继续说："这是假象，不能信。"

"我要。"她套弄起来。

我把她抱进屋里，放到床上，我脱去裤子，她也把内裤从腿上扒下。我们抱在一起，摩擦的时候我才意识到我有多硬。不管了，都去他妈的，我想着，狠狠插进去，她发出呻吟声。

完事后她躺在床上，哀怨地看着我，我不知道她眼神的意思，但我能感觉到她的痛苦。我说你洗澡吗，她摇摇头，我说那我去洗，她点点头，把身子转过去，裙子褪到她的腰部，我看到她屁股上的痣。我说你怎么了，她没点头也没摇头，什么都没说。这种古怪的气氛又回来了，我不得不走进浴室，用凉水冲击自己的身体，我紧紧抓住鬓角的头发，内心揪成一团。

等我洗完澡，王小芳已经走了，床上放着她的钥匙，上面挂着一个马头钥匙扣，那是我们去银川，她在沙漠里捡到的。那时我们刚结婚，商量去哪里度蜜月，她说要去银川，去沙漠里吃沙子。我们买的硬座，二十二个小时的车程，口头上说沿途风景更美丽，其实是没钱，要是有钱，谁还受这些罪。在银川待了一周，花钱的景点都没去，光在沙漠里溜达，给她拍好看的照片，或者我们躺在沙子上接吻、发呆。我确信我爱过王小芳，是慢慢爱上的，又慢慢不爱了，什么时候到顶点的，我们都不知道。

我穿好衣服，打算去养老院看爸爸，上周我去看他，他还是不记得我，反而和一个老太太玩儿得很好，稀里糊涂跳交谊舞。他就我一个儿子，我妈在我十五岁那年死的，乳腺癌，死得很痛苦，爸爸没有再娶。我结婚的时候他还很正常，对王小芳挺满意，能有姑娘喜欢我，在他看来已经是上天的恩赐。他塞给王小芳五万块钱，说年纪大了，希望我们赶紧要个孩子。我都不知道我爸还有五万块钱。王小芳说，咱爸真好，等退休了我养他。他是铁路工人，总是一身汽油味。他退休那一年，王小芳怀了孩子，他很开心，整天买这买那，变着花样做好吃的，结果王小芳意外流产，他低迷了好一阵，脑子越来越糊涂。抗争了两年，他把我们全忘了，有时候自己跑到外面，我们担惊受怕找一整天，有时候半夜突然大叫，摔家里的东西：这是在哪，这是在哪，你们是不是杀人犯？王小芳累了，我也累了，只好把他送到养老院。

在路上，接到小刘的电话。

"亲爱的，什么时候过来？"

"五六点吧，晚饭之前。"

"我，我想吃酸菜鱼。"

"好，去吃。"

"你在干吗？"

"我有点事，宝贝。"

"快来哦，我想你了。"

"知道了宝贝，我也想你。"

小刘是个喜欢菲茨杰拉德的文学少女，温柔，写小说，穿棉麻裙，听张浅潜。她在网上私信我，让我看她的小说，请我提出修改意见。我本来不回复陌生人的私信，但我点开她的相册，发现是个大眼睛美女，恰好是我喜欢的类型，于是我耐心看完，认真回复。她为了表示感谢，要请我吃饭。我们见面后，对彼此的印象还不错，后来又约会过几次，一来二去，我们就好上了。我问她为什么喜欢我，她说崇拜我，还说能接受我已婚，但还是希望我们能光明正大在一起，不要这样偷偷摸摸。我说会的，总有一天会成为现实。

到养老院，我走进去，找到爸爸的房间，护工正在给爸爸按摩腿。爸爸穿着白色的汗衫，胳膊上的肉往下垂，他没有多少头发，仅有的几根也是灰白色的。我观察他的脸，呆呆的，眼神里没有光泽。

"爸。"我喊他。他没有抬头看我，还是直愣愣盯着地面。

我示意护工先出去，接着喊："爸，我来了，你看看我。"

他还是不动。

"爸。"我蹲在他面前，摸他的肩膀，"爸，我是东子，我来看你了。"

他终于看向我，眼里一点点恢复神采，他笑起来，握住我的手，"东子，东子。"

"哎，爸！你还记得我！"

"记得记得！"他很兴奋，看向左边，又看向右边，"你怎么来了？"

"我来看你啊，爸。"

"爸？我是东子的爸？"

"是，你是我爸。"

"你妈呢？"他站起来，想去外边。

"我妈早死了。"

"你儿子呢？"

"我没有儿子啊，爸。"

"你没儿子？你没儿子？那我是谁？"

"你是我爸啊，爸。"我哭笑不得。

"对，我是你爸。你找你爸干什么？"

"我来告诉你件事。"

爸爸又坐回床上，眼里的光一点点熄灭。

"爸，我要离婚了。"

"离婚？你结婚了？"

"是啊！爸，我要和王小芳离婚了。"

"哦。"他点头，"你结婚了？"

"是啊！爸！"

"哦。离婚，那孩子怎么办？"

"我们没有孩子。"

"没有孩子？"他眼神里充满恐惧，"你是谁！你是谁！"

"爸！"我按住他，"我是你儿子，我是东子！"

"你走开，你走开！"他甩掉我的手，像甩掉某种病毒，"我没有儿子！"

"好吧，爸。"

"别叫我爸，你个神经病！"他下床，往外跑，却跌在地上。我走过去，想把他扶起来，他冲着我叫唤，"别碰我，来人啊，来人啊，有人要杀我！"

护工走进来，我只好走出去。临走前我看爸爸一眼，他充满恨意地望着我，不知为何，我觉得这种眼神和王小芳的眼神很相似，很多时候她都是这样看着我，仿佛我是个毒瘤。

我不想立刻去找小刘，我需要缓一缓，但我不知道我在缓什么。我走到养老院附近的公园，四处溜达，最后坐在树荫下的长椅上。这里没人，对面是个人工湖，湖里漂满荷叶，拥挤不堪。一阵风吹得我昏昏欲睡，于是我把手机和钱放到胸口，抱着胸躺下。我心想别真睡，闭着眼眯一会儿就行。想着想着我就跑到高速路了，我坐在驾驶座，手扶着方向盘，脚踩着离合。我转过头，发现副驾驶上坐着我的初恋女友，齐刘海，长头发，穿着仙女裙。我非常惊讶，我说你咋来了，她冲我笑着说，我为啥不能来，你不是要离婚了吗？我说是啊，然后我想到小刘，我突然觉得她们两个长得很像，我问，你是小刘吧，初恋女友生气地回答，小刘小刘，小刘你妈逼啊。这明明是王小芳的声音，我出了一身冷汗，不敢再乱说话，我可不能暴露小刘的身份。汽车往前飞驰，外面的天空阴着，道路看不到尽头，我不知道这是往哪里去，某种空虚的感觉又控制了我。我回头，发现后边竟然坐着我妈，三十岁左右，脸上没有皱纹，穿着一件绿色的雨衣，我说妈，你怎么回来了，我妈说你别瞎折腾，离婚干啥？我说你怎么都知道了？我妈说我什么都知道。我刚想解释离婚的原因，结果我妈变成一只绿色的小鸟越飞越远。我准备加速，追上我妈，但我突然想起我根本不会开车，我连驾照都没有，然后我的双手失控，有什么东西在拉扯般，汽车一个急转弯，撞上护栏。我感到眼前一黑，又突然一亮。

手机在我怀里不停震动，按下接听，传来小刘娇滴滴的声音，问我怎么还不过去，我说马上马上，马上就到。一看表，已经五点半，竟然一口气睡了三个多小时。我连忙走到湖边洗把脸，清醒一下，走出去拦出租车。司机是个大胖子，我说出小刘家地址，他说现在堵车，要想快得绕到外环，我咬咬牙说行吧，一定要快，结果一个多小时才到，并且花了一百多车费，为此我非常懊恼，本来三十块就能解决的问题。中途小刘又给我打了一个电话，说要饿死在床上了，所以我决定先去超市给她买点零食，她非常喜欢吃甜腻的蛋糕。我走进超市，快速拿好东西，排队结账，从外往里看，整个超市就像灾难现场，人们挤在一起，表情扭曲，喷射出不可遏制的欲望。我肯定也是这样的神情，我和他们越来越像，当我某天早上，站在镜子面前，察觉到我眼里的东西，才被结结实实吓了一跳。

小刘打开门，我走进去，把零食放到地上，她笑眯眯望着我，我一把抱住她，手伸进她的真丝睡衣里，抚摸她紧致的皮肤，我需要提起我的性欲，好让那家伙硬起来，但摸半天依然毫无起色，完了，我头皮发麻，我要在小刘面前失去男人的尊严了。

"我来姨妈了。"她推开我，充满歉意地说。

我松了一口气，"那就不做了，身体要紧。"

"其实来姨妈也可以做爱，有科学研究证明。你要是想做，我们就做。"

"不了不了。"我说，"那么多血，不方便，等你方便了再做。"

"好吧。"

"就算不能做爱我也一样爱你。"我说。

"我也爱你。"她说。

"现在去吃饭？我给你买了蛋糕。"

"啊，谢谢亲爱的，我真的要饿死了。"她拿起一块蛋糕，咬一口，"我吃蛋糕垫垫肚子，我们等天黑了再去，就碰不到熟人了。"

"好。"我盯着她脖子上浅浅的绒毛，"宝贝，我要告诉你件事。"

"什么？"她转过身来看着我，大眼睛里满是期待，昏黄的阳光落到她身上，我竟然有点睁不开眼。

"我要离婚了。"

"什么？"眼里的期待变成惊愕。

"我要离婚了。"我说着，想在她眼里挖出一些惊喜的成分，但除了惊愕没有别的。

"这样。"她舔舔嘴唇，"为什么要离婚？"

"很复杂，说不清楚。"

"是不是为了我？"

我不知怎么完美回答这个问题，我只好点点头，"算是吧，你不是一直说，想和我光明正大在一起吗？"

"是，是想和你在一起。"她说，"我以为你只是说说。"

我仔细回想，以前我对她的承诺到底到什么程度，好像纯粹是为了她开心，我似乎从没想过有一天会真正离婚。但这一天到来的时候。我竟然也没什么特别的情绪，和以往的每一天一样毫无感觉。

"明天去办离婚证。"我说。

"好突然啊。"她垂下头，眉间一股忧愁。

"你不开心？"

"不是。"她说，"我只是觉得很突然。"

"该来的总会来的，宝贝，你应该表现得开心才对。"

她勉强冲我挤出一丝微笑，干巴巴的，"你要娶我？你打算娶我吗？"

"我，我们先去度个蜜月吧，你不是一直想去吗？"

"是的，那以后呢？"

"我也不知道。"我说。

"我不太想结婚……"她撅起嘴巴，"我还小，不想这么快进入婚姻。"

"好的，宝贝，我明白了。"

"真突然啊，你怎么就离婚了？"她还在说，"应该提前告诉我，让我有个准备。"

"别想这个了，你想去哪里玩儿一趟？"

"你离了婚，我们之间的某些东西全变了。"

"宝贝。"我说，"告诉我，你想去哪里，我计划一下。"

"我哪儿都不想去。"她一屁股坐在床上,"到头来不负责任的那个人变成我了,我不能接受这种局面。"

"宝贝。"我扳正她的肩膀,"我知道,我懂,我全都懂。"

她强忍着不让眼泪掉下来,"我还没准备好,我还没准备好,能不能接受单身的你,完整的你,只属于我的你。"

"好了好了。"我转过脸,"你想怎样就怎样。"

"对不起。"她抱住我,"我挺爱你的,我就是不知道我们的爱能持续多久。"

"我也不知道。"

"好吧。"她如释重负般,"我们去哪里度蜜月?你想去哪里?"

"我不知道,我全听你的。"

"我,我想去沙漠。"

"哪里?"

"宁夏吧。"她说。我突然想到我和王小芳的结婚旅行,颠簸的火车硬座,以及雾茫茫的沿途风景。

"去别的地方成不成?"

"可以,福建也行,海边,我也喜欢。"

"就去福建吧。"我说。

"什么时候去?"

"后天。明天过后我就是自由人了。"不知为何,我觉得话含在嘴里有点苦。

"好。那我们去吃饭吧。"外边的天空已经有黑的趋势,路灯亮起来。我感到一阵恍惚而过的情感,我想抓住,又懒得抓住。

"其实我很想和你在一起,某些时候。"我还是说出来。

"我也是。"她走过来抱住我,"但你得等我长大。"

我点点头，手机又震动起来，嗡一声，剧烈而突兀，是王小芳的电话。我挂断，它又响起来，我接着挂断，她又继续打。"接吧。"小刘说，"我不说话。"我点点头，走进卫生间，关上门，按下接听键。

　　"干吗？"

　　"顾东，顾东，我要死了，我在医院！"电话里传来王小芳愤怒的声音。

　　"怎么了？"我不相信她说的话。

　　"孩子死了！流产了！"她大喊。

　　我的身体绷得紧紧的，咽下一口唾沫，我想说点什么，但舌头突然被冻住。

　　"怎么不说话，顾东，现在艺术家走了，你赶紧来医院陪我！我要做手术，需要你签字！顾东，你听见了吗？"

　　面前的镜子上布满白色的斑点，是小刘刷牙留下的痕迹，我望着镜子中的自己，我眼里的某种东西在慢慢消失。

　　"前三个月不能做爱，我不该和你做爱，我不该对你心软，顾东，我好恨你。现在我要摘除子宫，我完了。"

　　"我……"我动舌头。

　　"操你妈，你想说什么？你来不来？你个懦夫！"她怒吼，"你还没明白吗，顾东，婚离不了了，我和你，就是绑在一起的，你知道吗，我们是绑在一起的，顾东，我们谁都挣脱不开谁，我们这辈子注定一起烂到底。"她哭起来。

　　挂断电话，我走出去，有那么一瞬间我差点心脏骤停。小刘坐在床边，疑惑地看着我，"怎么了？脸色好差。"我摇摇头，没有开口说话，我的舌头还在冻着。"怎么了？怎么了？"她继续追问，额头出现一层紧张的抬头纹。我还是摇头，慢腾腾挪到窗边，天黑透了，马路上的车连成一条条火光，明亮绚丽，远处，一座高塔披着五彩的外衣，像某个电影的长镜头。我想找到点什么，或者重新创造，然而仍一无所获。我只能这样目不转睛盯着窗外，背后是小刘不停的呼唤声。

凌晨三点，星星消失了

我在屋里吃饭，外面突然传来吵闹声，把音乐声硬生生压下去。我起身，踮脚往外看，只看到一排整齐的平房和屋顶上方阴沉的天空。我支起耳朵，通过声音辨别方向，最终判定是邻居家发出的声响。好奇心驱使我走出房门，妈妈在院子里缝玩具，我问妈妈有没有听到什么声音。

"没有，什么也没听到。"妈妈摇头，继续把注意力放在针头上。

我走出院子，在胡同里扫一眼，什么都没有，邻居家的大门紧紧关着。我期望发生点什么，今天我的左眼跳个不停，肯定有事要发生。

妈妈把手中的玩具放进纸箱，"哎呀，是不是要下雨？"我摇摇头，"天气预报说今天没雨。"妈妈把纸箱拖进屋，那是一个多么巨大的纸箱啊，装着她亲手缝制的玩具，塞满就可以拿到县城换钱，一个玩具两毛钱，一箱五百个，一共耗时七个晚上，这是妈妈的兼职。她白天在村口的服装厂上班，用缝纫机做羽绒服，我有一件红色的长款羽绒服，是她亲手做的，从来不跑毛。

"我刚才真的听到一些声音，好像是从那边传出的。"我说，用手指向邻居家。

"别管闲事。你还记得我说过的话吗？"妈妈把脸沉下去。

"好吧。"我点点头，有关邻居家的任何话题在妈妈面前都是禁忌。

"晚上你还跟我去医院吗？"妈妈问我。

"不去。"我摇头。

"不去你就看家吧，今晚你弟弟留医院。你把大门锁好。"

我点点头，如释重负。我讨厌医院，每次进去都毛骨悚然。我更不愿意看到爸爸那张将死的脸，垂在病床枕头上，几乎没有生命气息，像一块烂掉的甜瓜。人死之前都会变得很难看。

爸爸怎么会得白血病，真让人匪夷所思。我一直以为这种病只存在于韩剧，我们村里从来没人得过这种罕见的病。不过医生说没什么特别的，这和肝癌、胃癌一个性质，谁也不比谁厉害多少。他是笑着说出这句话的，脸上的肉挤到一起，震颤不停，不知为何我想到瀑布，爸爸曾带我去过一个小瀑布，在我大约七八岁的时候。他是个装修工人，一辈子和钢筋水泥打交道。不，不应该说一辈子，应该说前半生，他才四十五岁，他的一辈子不该这么短，我可以假装他活到一百零三岁，这是爸爸很久之前的心愿。我问他为何不是一百岁这样的整数，他说不要太规矩，要和常人不一样。他的确和常人不一样，他年轻时候的事广为流传，充分说明他是个混蛋丈夫、混蛋父亲，这是妈妈的原话。

妈妈推着自行车走出家门，她的背影看起来更胖，像一个巨大的布满褶皱的梨。我有点担心自行车不能承担她的重量，不过我的担心是多余的，这两个月她天天骑着那辆自行车往返于医院和家里，一点事都没有。我们村子离县城很近，骑车二十分钟。我想到爸爸的脸，又想到妈妈的脸，想不通他们竟然结婚，还生下两个孩子，这个问题困惑我多年。

碗筷收拾干净后，仿佛就在一瞬间，天黑下去。时间流逝得如此迅猛，我感到恍惚，走出去把大门反锁，把所有屋子的灯打开，我讨厌独处时的黑暗，会让我觉得时间停滞。没有什么比永恒更可怕，如果可以，我希望我早点过完这一生。我躺回床上，想打电话，但又不知道打给谁，只好停止这种想法。外面出奇地安静，以往这个时候会听到邻居家的狗叫声，但今天很反常。说实话我挺想去邻居家看看，自从女人出走后，我再也没去过，女人回来后，妈妈也禁止我和他们来往。妈妈说，那个女人不仅是个骚货，还是个护犊子的蠢驴。如果排除和爸爸有关的因素，她们也有过节，她的儿子和我弟弟打过架，两个女人为孩子吵得不可开交，都觉得自己的儿子没犯错。妈妈还说，如果我们有钱，肯定会立刻搬走。但我们没钱，只好又在这个破烂家里住个十年。

我又想到爸爸的肥胖医生，他告诉我们爸爸不能痊愈，但可以在医院延长生命，做化疗，输营养液。这一切的前提是砸钱，要是停药，没多久就会归西。妈妈问我和弟弟还治不治，我们俩都说治吧，能坚持多久坚持多久，于是又接着化疗。我知道妈妈不想再拖下去，三万块钱马上用完，那是弟弟当兵带回来的钱，他十五岁被军队征走，在外三年，回来时已长成一个壮汉，顺便带回三万块的积蓄。妈妈说这钱留着给他娶媳妇，谁也不能动，结果没多久爸爸就检查出白血病。

突然我的思绪被打乱，一阵焦躁的敲门声传来，"哐哐哐"铁门发出巨大的声响。我看一眼窗外，天空完全是黑的，屋子里投射出的灯光洒在院子里，一棵杨树被风吹得晃来晃去。

"谁呀——"我冲着外面喊。

"是我。你是小柔吗？"是一个女人的声音。

"你是谁？"

"我——我是你王婶。"

"哪个王婶？"

门外又安静下来，我想半天也想不起王婶是谁，听声音貌似是个中年妇女。我不想去开门。风大起来，发出呼呼的怒吼，拍打着窗玻璃。我心里害怕，如果这时候停电，我也许就要死在这个夜晚，我必须打个电话来平复心情，给任何人打都行。

我拿出手机，随便想一个数字，二十一吧，我想，看天意，谁接到我电话算谁倒霉。我往下数，第二十一个联系人是刘军，我高中时期的男朋友。好吧，算他倒霉，和我谈恋爱已经很衰，没想到还要在一个刮大风的深夜接我的电话，听我无休无止地唠叨。我真是一个不合格的前女友。他和我同村，小学初中高中都是校友，我们在一起的目的很简单，可以一起从县城回村里，开学再一起从村里去县城。要说我们的感情多深，我早已记不清，我们都是穷人，穷人和穷人在一起，无非是互相陪伴，互相拖累。

一看表，九点二十，我拨他的手机号码，这个号码我曾背得滚瓜烂熟，但现在印象全无。我想这个时间点他已睡着，他是个守规矩的人，所以他的成绩一直很好，顺利考上大学，而我光荣落榜，最后我们顺理成章分道扬镳。我猜他肯定在大学的某个深夜暗自庆幸，还好当初和王以柔分手，不然我也得永远留在那个不见天日的村子里。但后来我听说他读完大学又回来了，谁知道呢，反正我们再没见过面。

"喂？"电话接通，浑厚的男声传出。我一阵激灵，他的声音怎么变成这样，和我印象中大不相同。

"喂，是刘军吗？"

"是我，你是谁？"

"我是王以柔，你还记得吗？"我本想说你猜猜我是谁，但我及时打住，那样太无聊，我不是一个无聊的人。

"哦——"他发出不大不小的停顿，像是在等待什么绝好的机会，"当然记得。你有什么事吗？"

"没事没事。"我看向窗外，还是一片安静，我怀疑刚才门外的声音是幻听，"王婶"也是大脑臆想的产物。"我就是突然想起你，给你打个电话。"

"哦。"

"你在哪里？"

"村子里。"

"哦。"我点点头，不知该怎么往下接。从十八岁高中毕业那年开始算，我们已经七年未见，说来也怪，都在一个村子里，竟然从没听过他的消息。

"怎么想起我来了？"他问我。这个问题真不该问，难道我要告诉你这一切纯属偶然，因为你是我手机上第二十一个联系人？

"谁知道呢，天意吧。"我被自己的回答逗得咯咯笑。

"哦——"信号突然模糊，手机发出刺耳的噪音，像是关生锈的窗户发出的声音。我听不到他接下来的话。一道闪电晃过我眼前，接着是炮轰般的雷声，果然今天要下雨。

"能听到我说话吗？"我对着手机大声喊，窗外大雨倾盆而下。

"能能能。"他的声音渐渐清晰，"大雨，外面在下大雨。"

"我知道。我讨厌雷雨夜。"

"自己在家？"

"嗯。"

"我去陪你吧。"他毫不犹豫说出这句话。我突然又有一种时间错觉，我想起来，高中时候他最爱说的一句话就是我陪你。高中三年是我最昏暗的时期，他似乎是我唯一的慰藉。当然现在我的生活也没好多少，依旧看不到远处的光。

"可是外面打雷又下雨，路……"

"没事。我马上到。"他粗暴地打断我的话。

"你还记得我家在哪里吗？"我承认我希望他来，这样的夜晚，我渴望有人陪伴。说到底我始终是一个懦弱的人。

"当然。从我家到你家总是一千七百五十六步。"

"哦。"这个数字我似乎有印象，刘军告诉过我。高中的暑假、寒假他几乎天天来看我，家里只有我和弟弟，刘军给我们做饭吃，他的厨艺非常好，做出来的菜又好吃又好看，不知弟弟是否还记得。

"我马上到。"他挂断电话。

我猜他来至少要二十分钟，这二十分钟，我无比煎熬。我想回忆过去的事情，找出一些可聊的话题，好让这个夜晚不冷场。但我什么也记不起来，关于爱情，一片空白。我被爱过吗？我又爱过谁？窗外的雨越下越大，我眼前突然跳出爸爸的脸，我昨天去医院，他躺在病床上，呼吸微弱，快要死去。他没法动弹，用眼神示意我坐到他身边，我坐过去，床发出的吱呀声，听起来让人心碎。爸爸问我，你有爱的人吗？我很惊讶，他一个没读过几年书的装修工人，问出爱不爱的问题，非常突兀，不过他说过他要和常人不一样，这样想就觉得这个问题也正常。

我摇摇头，说暂时没有，也许永远不会有。他费力地睁大眼睛看我，喘气声越来越粗，到最后嘴里只挤出一个字：好。我盯着他突出的黑眼圈，像两个膨胀的灯笼，病魔正一点点吞噬他。如果可以，我想在他弥留之际问问他一切都是为什么，为何和妈妈结婚，又为何决然离我们而去，最后又为何回来。但我没有问，再忍忍吧，我告诉自己，七年都已过去，他也马上就会死，一切都变得没意义。

敲门声重击我的耳膜，我高喊："谁呀？"一道闪电掠过，院子被照亮，我才发现院子里晾的衣服还没收，明天妈妈回来又要大发脾气，但现在收也于事无补，索性就这样吧。

"是我！"声音和电话里的不一样，听起来更柔软。

"马上！"我下床，在屋子里找雨伞，翻遍所有的柜子都没有，只好套上件薄外套跑出去开门。外边真凉快，夏天的燥热吹出去好远，院子里的水大约一厘米高，正好没过塑料拖鞋的底子，每走一步就像打一个饱嗝。

打开门，让刘军进来，他竟然也没打伞。我们跑进屋，他浑身湿透，衣服粘在身上，头发淌着水，我递给他一块干毛巾，才仔细打量他。他还是一个瘦高个，黑，和我印象中一样。唯一不同的是他没戴眼镜，比以前多几分阳刚之气。他拿毛巾擦擦头发，然后冲我笑。

"你怎么不打伞？"我问。

"没找到啊，不敢在家里弄出大动静，爸妈在睡觉。"

"他们不知道你过来吧？"

"不知道。"

"好。明天一大早你就得走，我弟弟会回来。"

"你亲弟弟吗？"他转动眼球。

"是啊。"

"哦，不错。我还记得他小时候的样子。不知道现在怎么样？"

"和你差不多高。"

"哦，还不错。"

他把毛巾还给我，"你也擦擦吧，落汤鸡。"

我把湿外套脱下来，像褪去一层皮。他问家里有没有热水器，我说只有太阳能。他说要去洗个澡，我说好，你洗完我再洗，那个太阳能要先放凉水才有热水。他准备进去，我又喊住他，跑到房间拿出一身弟弟的干衣服给他。他关上门，我回想刚才的过程，发现我们的谈话非常顺利，并无生疏感。这能说明什么？我想不出来。我记起以前一个夜晚，我和他在村边的小路上散步，路旁是一条小沟渠，没水，沟渠旁是一块块田地，应该是秋天，玉米秆子比我都高。他四处张望，然后轻轻拉起我的手，仰头接吻的时候，我发现月亮是红色的。他目光灼灼，憋出一句话："我想和你完成生命大和谐。"只是最后我还是拒绝了他的请求。不过这些过去又能说明什么呢，我他妈脑子里到底在想些什么。还好这时他洗完澡出来，打断我的回忆。我说我去洗，你先坐一会儿吧。他点头，拿毛巾擦头发。我走进去，浴室里热气腾腾，我使劲闻了闻，想嗅出他的味道，但只是浓郁的沐浴露清香。我打开水龙头，热水拍在身上，鸡皮疙瘩冒出来。我闭上眼睛，想今晚该怎么睡，是在一个屋还是两个屋，又用什么方式和他提起这个话题。外边很安静，不知他在做什么。我抚摸自己的身体，眼下的欲望非常明显。

水流突然越来越小，不到一分钟就彻底没了，我身上的沐浴露还没冲干净。以往出现水用完的情况，都是妈妈帮我烧一盆热水送进来。但今天，啊——我发出长长的叹息声。

"怎么了？"他在外边问。

"太阳能里没水了！"

"啊？那怎么办，你还没洗完吧？"

"是啊，你怎么把水都用完了？"

"啊，那该怎么办？"他有些慌。

"没事，你去厨房帮我烧一锅热水，我再兑凉水冲一下身上。"

"哦，好。"

我听到他在屋子里走动的声音，拿锅，接水，开火，又折回来。"很快就热，你再等会儿。"他在门外说。

"好啊。"我在门内回答。

"外边不下雨了。"

"哦。你想回去吗？"

"不想。我还是想留下来陪你。"

"好吧。谢谢你。"

"不用客气。"他的声音听起来很遥远。

"你现在在哪里工作？"我问。

"税务局，就在县城。"

"哦，挺好的，清闲。"

"是啊，每天闲得要死。你在哪工作？"

"我没工作。干过好多工作，都做不下去。最近这段时间索性辞职，照顾爸爸。"

"哦。我听说他生病的事了，但一直没来看看。我以为你早就忘记我了。"

"唉。"

"水开了，我去端。"他跑过去，倒完水，又跑回来，"我把水放这里，等我进去你就拿吧，洗吧，别着急。"

"等等……"我的心脏剧烈跳动，我控制不住，还是说出那句话，可能我刚才早就打算好了，"你能帮我冲冲澡吗？"

他没有回答。

"我怕我冲不干净。"见他犹豫，我连忙开始胡说八道，"那样我身体会痒。"

"好。"他说，"那我进去了。"

他开门，低着头把水端进来，放到大盆里，兑上凉水。然后他抬起头，这是他第一次看到我的身体。"用水瓢舀水吧。"我递给他一个葫芦水瓢。他点点头，舀起一瓢水，从我的肩膀处放下，水流浸过我的身体，像被人轻轻抚摸，一阵满足感在我全身荡漾。他又舀起一瓢，冲我的后背，我希望他能用手拂去背上的泡沫，但他没有。我低着头，观察他的脚趾，第二根比第一根长，我在一本书上看到过，这种脚被称为罗马脚型。

"你当初，为何要和我分手？"他突然问，声音颤抖。

"这个……"我抹掉胳膊上的泡沫，"我记不清了，可能因为我们本来就不合适吧？"

"哪里？"

"你考上了大学，我没考上。"

"就因为这个？"

"应该是吧。我真的忘记了。"

"我觉得不是。"他停顿半分钟，接着说，"我觉得是你从没爱过我。"

我不知如何回答。没爱过吗，我一直觉得我应该是爱过的，不过感觉也会出错，谁能说得清楚呢。"你爱过我吗？"我转过身，热切地望着他的眼睛。其实我根本不关心这个问题的答案，我关心的是接下来要发生什么。

"是的。爱过。"

我把他的另一只手放到我的胸脯上，他很快就贴上我的嘴唇，水瓢掉在地上，发出清脆的声响。他一边吻着我，一边找毛巾擦我的身体，然后一把把我抱起来，走出浴室，放到床上。

"以前做过吗？"他在我耳边小声问。我摇摇头，我的确还是个处女，这几年我一个男人都没有。"我会温柔的，宝贝。"他小心翼翼地抚摸我，我的心怦怦直跳，我很清楚接下来要发生的事情。他的硬物抵着我，就要进去的时候，我的手机响了，我们被吓了一跳。我拿起手机，是妈妈的电话。

我示意刘军不要出声，"喂，妈，怎么了？"

"没事，问问你锁好大门没有？"

"锁好了，你不用担心。"我说，"爸爸怎么样？"

"不太好。我想明天下午出院。"

"怎么了？医生同意吗？"

"不同意。但你也知道，他这病又治不好，别往里扔钱了。"

我看一眼刘军，他低着头，"还是听医生的吧。"

"听医生的？听医生的我们哪儿有那么多钱化疗！"

"爸爸想出院吗？"

"他说他还想多活几天。"

我不知如何接话。

"我真恨他。"妈妈说，"你们都不知道我有多恨他。"我听到妈妈的哭声以及她摩擦牙齿的声音，"自私的玩意儿，真让人恶心。"

我知道，妈妈恨爸爸，她永远无法原谅爸爸的背叛。爸爸回来后的七年里，他们几乎没说过话，妈妈永远神情冷漠，坚决不和爸爸睡一个屋。直到爸爸检查出白血病，妈妈的态度才开始缓和，当然也是忍气吞声的缓和，她不可能真正忘记以前的事。有一次妈妈在晚饭的时候喝过酒，对我们说，我们都应该仇恨爸爸，把他当成我们共同的敌人。她说话的时候眼里和嘴里流露出的恨意，是真实的。

"别想太多，我明天下午去医院。"

挂断电话，刘军问我怎么了，我说没事，妈妈想让爸爸出院。我们一起躺下，他又覆盖在我身上。"你是不是早就想和我做爱？"我问。"是啊。可是之前你打死都不让我碰你。"他咬我的脖子，"为什么现在你想了？""不知道。"我摇摇头，"也许，也许是我想重新开始生活。"

我闭上眼，身体任由他摆弄，我并没有什么其他的感觉。他的喘气声在我耳边环绕，我像是躺在麦秸堆上看太阳落山，刚收完麦子，空气中飘浮着金黄色的浮尘，麦秸堆就在田里，我的左手边是一条长满树的小路，右手边是空旷的田野，对面是橙黄色的夕阳，微风吹过，很惬意。我感觉自己小小的，十五岁还是十六岁，妈妈回家做晚饭，在这里能看到烟囱里冒出来的烟，灰白色，像一团团蘑菇云。弟弟在门口和小伙伴玩玻璃球，他更小，小胳膊小腿，虎头虎脑。爸爸呢，爸爸在哪里？我四处张望，在左边的路上看到爸爸的背影，他和一个女人一起往前走，背着军绿色的大书包。那个女人不是妈妈，那是谁？我努力往前探，想看清女人的脸，女人却越走越远。突然我下体一阵剧痛，"王婶——"我惊呼出来，记起来了，王婶就是和爸爸一起私奔的女人，是妈妈一直恨着的邻居家的女人。

"王婶是谁？"刘军趴在我身上问。我感觉我的身体正在被他撕开，我疼得说不出话。我想我的表情一定很痛苦。

"疼吗？"他问。

我摇摇头，挤出两个字："继续。"

"舒服吗？"他又问。我没有回答。我看到爸爸和王婶的背影消失在远处，那条路上的杨树张牙舞爪，发出震耳欲聋的笑声。我回头看妈妈，她还在厨房忙活，为我们准备晚饭。她还没意识到抛弃这件事，等她知道的那一刻，痛苦就会如潮水般淹没她。

人们说这件事早有预谋，但不清楚他们什么时候开始计划的，只知道他们在冬天就已经实施，爸爸在晚上挨家挨户敲门借钱，声称自己要做生意，借到大约十万块。等他走后，村里的人来家里要债，妈妈听到十万的时候几近崩溃，她的男人竟然为了另一个女人欠下巨款，而且这部分钱还要她来还。

刘军的速度越来越快，我的痛感已经消失，但依旧没有快感。"舒服就叫出来。"刘军说。可是我并不想叫，我也不舒服。"宝贝——"他表情狰狞，到达高潮，软绵绵趴在我身上。我伸手抚摸他的后脑勺，"你知道我为什么没考上大学吗？"

"怎么？"

"因为家里欠了好多钱，我不能考上，考上后如果为学费发愁，只会让我更恨身边的人。"

"好吧。"他说着，从我身上起来，躺到床上，"以后你想怎么办？"

"不知道。"我摇摇头，空虚的感觉无法抵抗。

我坐起来，打开床头柜，拿出一包烟，"抽吗？"我问。他摇摇头。我独自点一根抽起来。雨停了，但房檐上的水还在往下落，滴答，滴答，听得清清楚楚。这是个清新的夜晚，如果是白天，我一定要出去走走，不管有没有人陪。

"什么时候开始抽烟的？"他问，并没有对这件事表现出惊讶。

"上学时候就开始了，你一直不知道。"

"高中？"

"不然呢？"

他点点头，用一种难过的眼神望着我，更确切说是同情。

"你干吗这样看着我？"

他用悲天悯人的语气说道："看来你爸爸留给你的阴影太重。"

实不相瞒，听到这句话，我有种杀掉他的冲动。我曾经想杀掉所有人。"省省吧。我抽烟和他有什么关系？"

"是不是我高中时没有照顾好你？"

"不。和你也没关系。"

"好吧。"他把右手放到左手的手背上。

"刚才爽吗？"我吐出一个烟圈。

"爽。"他点点头，打一个哈欠。

"你觉得，"我看向刘军，他似乎太累了，眼皮都要睁不开，"你觉得我能挣脱以前的生活吗？"

"这个啊，"他翻过身，背对着我，声音里是无尽的疲惫，"我也不知道。"他说着，然后在声音停止的下一秒，响起粗重的鼾声。

你觉得呼吸困难吗

妈妈回来时，刘军刚离开我的被窝，我不知道妈妈有没有看到他。我猜肯定没有。最近她的思维总是混乱不堪，爸爸快要把她折磨疯了。这种时刻她根本不会注意有男人爬上过我的床。她推着自行车走进院子，一身黑衣服，头发打一个结，碎头发从结里跳出来，夹杂着有气无力的灰白色。她又高又胖，脑袋却很小，像葫芦。我没有遗传她的体型，我更像爸爸，瘦骨嶙峋，宛如柔软的绿豆芽。

　　我赶紧穿上衣服，把床单藏好，上面的血渍是昨晚缠绵的证据。说实话，我还是有些恍惚，这一切发生得太突然，我抓着头皮回想，到底有没有和刘军做爱？我只记得下体像火一样烧起来，皮肤上仿佛有条水蛇游走，耳朵轰鸣，断断续续的情话远近不定。

　　妈妈走进来，脸上仿佛蒙着一层雾霾，她真是个悲伤的妇女，我几乎没见过她笑，多半时候，她面无表情，沉默不语，她说过，她最厌恶的事就是与人交流。她无法敞开心扉，尤其是对身边的人。我想，这也许是她和爸爸关系破裂的根本原因。

"刚起来？"她问。

我点点头。其实我挺希望她发现我的秘密，不知她会做何反应。她不允许我恋爱，何况是和男人做爱。高中时我和刘军恋爱被她发现，她冷静地摔碎家里所有的碗碟，又用手捡起每一块碎片，血冲破她的手指，源源不断地流出来。她抬头看我一眼，仿佛把我吸进潮湿的深井。我叫喊着，我会分手！我会分手！她这才慢慢恢复正常。实际上，我和刘军依然藕断丝连，直到高中毕业才一刀两断，他去读大学，我留在家里，井水不犯河水。

"院子里的衣服为什么不收？"她扫一眼窗外。

"我忘了，昨天睡得早。"我说。昨晚暴雨将至，我想收衣服时刘军正好敲门，我只能舍弃衣服奔向刘军，结果把收衣服的事忘得干干净净。别误会，我和他没有旧情复燃，他依然只是我多年不见的前男友，因为暴雨来家里陪我，又因为暴雨顺理成章地压在我身上——没想到时隔这么多年，我们真的上床了，连我自己都觉得不可思议。

妈妈盯着我，欲言又止。

"爸爸怎么样了？"我只好先开口，我知道她的意思。

"不好。"妈妈说，"你也知道，白血病没得治。"

"医生说化疗可以延续生命。"

"治标不治本。"她的眼闭上又睁开，"有什么用？"

"但是爸爸说想多活几天。"

她皱起眉头，鼻孔随之变大，吐出浓厚的热气。这标志性的呼吸声，曾多次进入我的梦里，缠上我的脖子，使我从梦中惊醒，又假装熟睡。

"这是没办法的事。"她的声音却很冷静。

"你打算怎么做？"我问。

"今天出院。你抽空去接他回来，以后就在家养着，一进医院就没完，你弟弟当兵带回来的钱差不多都用光了。我还没想好接下来怎么办。"她说，"我打算再去做一份工。"

"你哪有时间？"

"挤一挤。"

妈妈有两份工作，白天在村口服装厂做羽绒服，晚上在家缝玩具。我不知道她的第三份工作要从哪个时间段里挤。

"你别去了。我打算去县城找份工作。"我说。

妈妈的眼睛深不见底，像阴冷的洞穴，"你能做什么？"她说着，把头发别到耳后。

"不知道，可能去卖衣服。"

"不行。你还是待在家里吧。"我本以为她会勃然大怒，但她面不改色，我的心落回胸腔。

"妈妈。"我紧紧抓着被角，"我不能一直待在家里，我二十五岁了。"

她没有说话，转身走出去，仿佛有无数只手从她背后伸出来。

"对了。"我看着她的背影吐出一口气，"你有朋友姓王吗？"

"姓王？"妈妈沉思，"我不记得我有姓王的朋友。怎么了？"

"昨晚有一个王婶敲门，因为太晚，又下着雨，我没出去看，听起来很急的样子，她也知道我的名字。"

昨晚妈妈和弟弟去医院陪床，我看家，因为打雷，正要躲进被子睡觉，没一会儿就传来女人的呼声，她喊我的名字，以柔，以柔！我问她是谁，她说是王婶，我问她哪个王婶，她就不再回答，只是咚咚地敲门。我想起一些灵异的恐怖故事，我必须给一个人打电话，以缓解我的恐惧，但我不知打给谁，我没有足够要好的朋友，可以在深夜接起我的电话。我只能在心里想一个数字，二十一吧，给手机通讯录上第二十一个联系人打，谁接谁倒霉，结果那个人就是刘军。刘军不愧为我的前男友，毫不犹豫地表示要来陪我，我心想有人在身边陪着更有安全感，就同意让他过来。他冲过黑夜来到我身边，我第一句话是问他有没有在大门口看到一个女人，他说没有，大半夜的，有女人也是女鬼。

妈妈摇头，"我真不记得什么王婶。"

"那就算了。"我说，"你现在要去哪儿？"

"上班。"

"我下午去接爸爸。"

"好，我把自行车留给你。"妈妈走出去。

我拿出床单，血渍已经变暗，像几片葡萄皮。昨晚我们没怎么聊天，只交换了各自的情况，他在县城做公务员，我在家做妈妈的囚徒。除此之外，就是短暂的回忆。他问，你还记得有一次我们逃课去小旅馆吗？我说，记得，那天还下着大雪，旅馆里没暖气，冻得要死，我们只能抱着缩在被子里。他说，是啊，连衣服都没脱，什么都没做。然后他热情地建议道，我们再还原一次那天的情景吧！我点头。他抱起我，放到床上。这次我们终于把该做的做了。完事后，他问我家里的情况，我不想回答这些问题，只是不停抽烟，他又问我想不想挣脱以前的生活，我说我不知道，他想说什么，又最终没说，只是转身沉沉睡去。

我把床单泡到洗衣机里，然后像所有的女孩那样梳洗打扮。

我想，我必须去找个工作。高中毕业后，我只卖过几个月的衣服，剩余的日子一直待在家，无所事事了八年。妈妈说我什么都不用做。我不明白她为何会这样，不许我恋爱，不许我出去读大学，不许我找工作，只能待在家，像她养的一条狗。我试着反抗，但她最终战胜了我，把我狠狠攥在手里。在家做饭，收拾屋子，洗衣服，不也挺好的吗？钱的事不用你操心，妈妈这样反驳。事实上我家穷得几乎揭不开锅，且一直都是这种状况。爸爸回来前，妈妈一直给他擦屁股，拼命打工还债，爸爸回来后，生活刚要好转，他又因白血病住进医院。

我打算现在就去县城，找工作，接爸爸回家。也许他很快就会死，反正妈妈是这样想的。如果硬要比较一下他俩，我还是更喜欢爸爸。年轻时，他是个与众不同的装修工，不管干多脏的活，身上始终干干净净，甚至能闻到肥皂香。下班后，他会坐在桌子前，打开收音机，听评书，偶尔也会看书——不知他从哪里借来的。有一次，他在本子上写写画画，背影看起来神秘又迷人。好奇心驱使着我，打开一看，他写了一个故事，关于痛苦的婚姻与热烈的婚外情。虽然他是用第三人称写的，我还是认定这就是他自己的故事。我没把这件事告诉妈妈，说了也白说，我猜她会毫无反应。她无法理解爸爸的某些习惯，就像爸爸也不理解她为何永远板着脸。他们为什么要结婚呢？

换好衣服，我推着自行车走出家门，从这里到县城需要二十分钟。然而，最不可思议的事发生了，那个女人，站在胡同口，把我拦下。我本想面无表情地走过去，没想到她会突然袭击，紧紧拉住我的胳膊，我甚至都能感到有股力量从她体内缓缓流出，变成我皮肤上的一道红印。我停下来望着她，奇怪，她的脸模糊一片，犹如眼镜上的水汽，什么都看不清。我想，这可能是因为我十几年没和她说过话，某些东西——比如人与人之间交流的介质，已经消失。我都忘了该怎么称呼她。妈妈不允许我和她有什么联系，毕竟她们因为孩子吵过架，差点把嘴撕烂，最重要的，她和爸爸乱勾搭，以致爸爸抛弃一切和她远走他乡。不对，不仅抛弃一切，而且还带走了全村人的信任——爸爸挨家挨户借钱，说要做生意，其实是和她私奔。这件事像一颗炸弹，在全村爆炸，人们给这对狗男女最恶毒的诅咒也难解心头之恨。而我们，被抛弃的三个可怜虫，并未获得应有的同情，他们纷纷上门，逼着妈妈还清爸爸的欠款。

"以柔。"她喊我的名字，声音在我耳畔盘旋，非常熟悉，"我昨晚找过你。"她说完，我立刻想起来，这声音就是昨晚敲门的"王婶"的声音。王婶，原来她就是王婶。

"干吗？"我做出不耐烦的神情。

她踌躇好一阵，张着嘴，仿佛有一双大手掐着她的喉咙。直到我打算推车走人，她才吞吞吐吐地说："你爸爸，你爸爸他怎么样了？"

那层水汽不见了，我终于能看清她。她的脸似乎变化很大，当然，我早就忘了她原来的样子，所以并不确定这变化来自哪里。她就住在我家隔壁，却从没碰过面，听起来不可思议，但事实如此。可能是因为她觉得丢脸，或者其他什么原因，她几乎不出门，导致这张脸似乎散发着一股霉味。与爸爸私奔前她是小学老师，不知现在做什么工作，从她脸上的皱纹来看，应该不怎么如意。

"还好。"我说。

"哦……"她低下头，右手摩擦左手的指甲，"医生怎么说？"

我不知道要不要告诉她具体情况，我反问："你想干吗？"

"不干吗，不干吗……"她连连摆手，"我只是问问……"

"好吧。"我说，"医生说他快死了。"

她猛地抬起头，由于眼球凹陷，眼眶又大，有些瘆人。"真的？"她问，声音颤抖。

我点点头。

"好吧。"她垂下头，从包里掏出一叠钞票，递给我，"这是一万块钱。"

我推回去。

"拿着吧。"她硬塞到我手里。

"我不要。"我把钱扔在地上。她又捡起来，放进车篓。我还没来得及拿出来还给她，她就转身走回家，在我的注视下关上大门。我想把钱扔掉，又怕别人捡走，毕竟不是小数目，所以只能把钱装进口袋。如果妈妈知道这件事，不知她会生气还是开心。一万块钱还够爸爸做几次化疗。

中途路过税务局，刘军在这里上班，我有去找他的冲动，但他临走时也没说接下来怎么着，他穿上衣服，一言不发就走了，都没回头看我一眼。我只好打消找他的念头。到医院后，我犹豫要不要上去，最后决定先在楼下抽根烟。我找个花坛坐下，点烟，轻轻吸一口，口腔壁传来一阵凉意，我不喜欢这种口感，把烟摁灭在泥土里，无声无息，一小缕白烟有气无力地冒出来。旁边是月季花，花瓣上积着昨夜的雨水，我伸手把它捏碎，手指沾上一小片水渍。一看时间，十一点半，我决定先去吃午饭，然后找工作，晚点再回医院接爸爸回家。

我重新骑上自行车，四处晃荡，不知不觉又晃到税务局门口，旁边有一个牛肉板面店，我放下车，走进去，要一碗特辣的。老板是个和我差不多大的姑娘，头发非常短，画着粗粗的黑眼线，镶着鼻钉。她熟练地把一大勺辣椒浇到面上，面无表情地摆到我面前。我感到一阵无聊，决定给刘军打电话，看看他在干吗。无人接听，只好作罢。我放下手机，拿起筷子大口吃起来，我并不饿，只是需要食物填充这空虚的身体。

"喂，要醋吗？"老板突然问。

"好吧。"我点头。

她放下一瓶醋，在我面前坐下。我是店里唯一的顾客。我继续吃，被辣得热泪盈眶。她紧紧盯着我，眼睛又大又亮。

"你是做什么的？"她突然问我。

"什么也不做。"我说着，吸一口凉气，嘴里好像火烧连营。

"哦。"她点点头，"你吃慢点，我也给自己煮碗面。等等我。"

"好。"

她很快煮好一碗面，清汤寡水，没有辣椒。我心想不辣的东西怎么能吃得进去？但她在我面前吃得津津有味。

"我一直希望有人陪我吃饭。"她说，"一个人真是太无聊了。"

"你是这儿的老板？"我问。

"是。"

"你还很年轻吧。"

"二十五。"

"这么年轻就是老板？"

"你多大？"

"我也是二十五。"

"哦。"她说，"你来这里干什么？"

"找人。"我说，指指税务局门口。

"男朋友？"

"不，前男友。"

"你要干吗？"她笑起来，"杀死他吗？"

"我也不知道，说来话长。"我摇头，"你为什么开这家店？"

"我啊。"她说，"不是我开的，是我爸妈开的。"

"他们呢？"

"死了。"她的眼睛暗下去，"一个月前，车祸。"

"哦。"我说，"节哀顺变。"

"没什么，我本来对他们没有多少感情。只是一个人看店有点累。"

我不知该怎么接话，只好低头吃碗里的面。我拿起手机，刘军还没回电话，我又拨出去，依然无人接听。我回想昨晚，他接到我电话后，奋不顾身地冒雨赶来，到底是什么在驱使着他，是欲望还是别的什么。我从没想过和他做爱，我只是太想找人说说话，谁都行。某种感觉，我说不出名字的感觉，快要把我压垮。

"你看起来不像爱说话的人。"我说。

"是吗？"她睁大眼睛夸张地笑起来，额头的头发参差不齐，呈现出隐隐约约的轮廓，很柔软。

"是。"

"可能是因为我看起来像个问题少女。"她想了想，接着说，"其实我很爱和人聊天，尤其是陌生人，什么都可以说。"

"好吧。"我说，"我想问你一个问题，比较隐私的问题。"

"什么？"

"你有没有和男人做过爱？"

"没有。"她说，"我怕疼，特别怕。一丁点痛我可能会哭上三天三夜。"

"好吧。"我说，望向税务局，里面有一棵树，应该是梧桐，叶子卷着黄边，像一个老气横秋的公务员。太阳不知何时冒出来的，空气里的灰尘变成白银。马路平整，被照成一面玻璃。

行人穿着不同季节的衣服，穿梭在光明与阴影里。我突然生出一种预感，刘军也许会来这里吃饭，又一想，不太可能，税务局里肯定有食堂。我看表，十二点，他应该下班了。

"你做过吗？"她问。

我点点头，"昨天做的，的确很疼。"

"不会是和前男友吧？"

"是的。"

"啊？"她说，"你不知道吗，好马不吃回头草。"

"不是的。"我说，"并不想怎么样。"

"好吧。"她说，"那你找他干吗？"

"可能就是想说说话。"

"哦。"她说，"我经常会这样，想和人聊聊天，我把这称为聊天综合征。你看我现在就在犯病。"

我笑。

"其实就是太空虚，忙起来就好了。"她说，"你做什么工作的？"

"没工作。"我说。

"那你要不要来我店里上班？我们还可以经常聊天。"

"我做什么？"

"煮板面。"

"我不会做饭。"

"好学，我教你。来不来？我一个人太累。"

"好吧。"我说，"能有工作就好。"我想，妈妈绝对想不到我这么顺利就找到工作。

"你读过大学吗？"

"没有。"我说，"我没参加高考。"

"那你读过高中？"

"读过。"

"那为什么不参加高考？"

"也没什么。你要是真想知道，我以后可以讲给你听。但我现在得走了。"

"好吧。"她笑，"什么时候来上班？"

"明天或者后天吧。"

"十点之前到就行。"

"好。"

我留下电话，骑着自行车去医院。我想起高考前一天下午，妈妈把我叫进屋子，她盘腿坐在炕上，脸色铁青，指间的烟头像一个红色的句号。她与我长久对视，眼白与瞳孔的边缘模糊不清。屋里空气凝固，我仿佛置身在坚硬的水泥层。后来，她终于开口，"你不会离开我的，对吧？"这句话重重撞击在我的心脏，好吧，我想，这是命中注定的，太多事情都是命中注定的。

在医院的走廊里穿梭，我摸到口袋里的一万块钱，犹豫要不要把这件事告诉爸爸。楼道里挤满了人，他们都阴着脸，脾气暴躁，看起来随时会咬人。我走进病房，弟弟在椅子上打盹，闭着眼睛，口水流到下巴上，爸爸平躺在床，眼睛一动不动盯着天花板。我走到他身边，他才把脸转过来。

"你来啦。"爸爸动动嘴，想要坐起来。他完全秃了，脸色苍白，甚至眉毛都失去了颜色，就像一枚剥干净的鸡蛋。

我点点头，示意他不要乱动。他放弃挣扎，重新躺下，歪着头看我。

"你好久不来了。"他说，"在家忙什么？"

"没什么。"我说，"我来接你出院。"

"好。"他勉强一笑，牙尖竟然出奇地白。

"妈妈说，可以在家好好养着。"我说，看着他毫无光泽的眼睛，又想到王婶的眼睛，他们变成了同一种人，或许他们本来就是。我还是想不通他们为何又回来，若无其事地回到原来的家庭，就像出门赶了一趟集。

"嗯。"他问，"你妈呢？"

"上班。"

"哦，她真忙。"

"是啊。"我说着，抓着口袋里的钱。

我们陷进沉默。病房在二楼，窗户开着，时不时有风抚过我的皮肤。这里竟然也有一棵树，和税务局里的那棵一模一样。我的思绪又飘到昨晚，不知为何我老想着那件事。昨晚他问我从什么时候开始抽烟的，我说高中，他说是不是爸爸的事留给我的阴影太重，我说不是，我讨厌这样的问题。

"你找到爱的人了吗？"他突然问。

"什么？"我睁大眼睛，怀疑我的耳朵，但他又重复，"你有爱的人吗？"

"没有。"我说，"没有。"

我想问问他什么是爱，但我必须把这个话题引开，这样的讨论毫无意义，我甚至有些慌。我又接着说："我找到了工作，要去上班。"

"我希望你能找个爱的人陪着你。"他继续说，"我要死了。"

"好了。"我说，"我没有爱的人。"

"不可能，每个人都得去爱。"

"真的。不是谁都像你那样需要爱，为了爱不管不顾。"

又陷进沉默里，他闭上眼睛，过了两分钟，说："对于以前的事，我一点都不后悔。"

"那你为何回来？"我冷笑，"倒不如走得干干净净。"

"我以为你能理解我。我知道你偷看过我的日记本。你为何不告诉你妈妈？"他压低声音，"因为你对她也失望。"

"不。"我说，"因为你让我感到恶心。"我把脸别过去，鼻翼处一阵酸痛。我为何要坐在这里，天哪，我只想立刻走掉。眼前又出现爸爸年轻时的脸，他把我扛在肩头，一圈一圈地转，我大声笑，爸爸喊："乖闺女，晕哪！"然后我们一起跌在墙角，我的脸在流血，爸爸的脸也是。我放声大哭，妈妈沉着脸走出来，把我丢到一边，抬手就给爸爸一耳光。爸爸抖得厉害，像刚从冬天的河里爬出来。他一直都很怕妈妈，我也是，有时候我觉得她就像一口棺材。

"你找的什么工作？"他又问。不知为何，他今天的话格外多，我们从来没说过这么多话，之前我们几乎不交流，他在家里扮演外人的角色。

"卖板面。"

"你妈妈同意？"

"我必须得去。"

"她会勃然大怒，我猜。"

"没有，她没什么反应，我出来时告诉她了。"

"真的？"他不可置信地望着我，"她想把你留在身边，一心一意陪着她，你不会不知道吧？"

"我必须得去工作。"我咬着牙。

"我觉得也是。"他说，"她不该把痛苦加到你身上，这不合理。"

"我不在乎。"

"然而你从不做出格的事，你是妈妈的心肝宝贝。"他笑了，我不知道他为什么要笑，"你可以走成人高考，读个大学。"

"我都二十五了。反正是要工作的。"

"试试，应该试一试。大一点没关系，你会喜欢大学生活的，你要是想工作，就得离开这里。"

"我不知道我能去哪里。"我说，"我不能像你那样，说走就走。"

"你有走的权利。"他说，"每个人都有选择的权利。"

"不是每个人都能做出正确的选择。"我说。

"你可以的。"他说，"有问题的是她，不是你。她是个控制狂，她试图掌控所有人，你不该承受这些。我早就想和你说说这个问题。"

"好了。"我看着他的眼睛，感到浑身燥热。他在拿刀子戳我身体最软的部分。这么多年，我一直在逃避，他却不留情面拆穿我。我摸出口袋里的钱，仿佛还带着王婶的气息，我觉得他应该知道这件事，我说："这是王婶给的。"

"什么？"

"昨晚她来家里找我，我没开门，今天早上我出门碰到她，她硬塞给我的。"我说，"她还问我你的病情怎么样。"

我刚想再说些什么，弟弟醒来，揉揉眼望着我们。"怎么了？"听这粗壮的嗓音，他已经算个成年男子。

爸爸接过钱，抽出一张，吹出一口气。

"谁的钱？"弟弟问。

"你别管。"我盯着他，他脸上长满青春痘，眼角有一块疤痕，是小时候被火钩烫的。发生这件事后，妈妈每天带他去邻村的诊所治疗，爸爸就是在那个空当逃走的，带着情人，带着钱，义无反顾地奔向新的生活。

"真是她给的？"爸爸颤抖地问。

我点点头。

他的嘴里突然蹦出很大的笑声，眼眸无比亮堂，"我就知道，我就知道……"他嘴里嘟囔着，手指摆出奇怪的弧度，像某种暗号。然后他似乎看到什么奇怪的东西，笑容凝固，露着牙齿，绷紧的身体塌进被子，眼睛变得如地下隧道般乌黑，像一座坚硬的雕像，手里的钱顺着被子滑落，散在我脚边。

我和弟弟对视一眼，"爸爸？"他轻轻喊，然而爸爸的眼睛一动不动，嘴角咧着，像苍白的蜡像。

"他死了？"他伸手凑近爸爸的鼻子，又猛地缩回。

"别碰。"我说，"快给妈妈打电话。"

"先叫护士医生啊！"弟弟喘着粗气按床边的铃，又跑出去，"医生，医生！"他在走廊里喊，声音颤抖。

我把钱捡起来，重新塞回他手里。他的手指还有温度，在一点点变硬，我猜他的灵魂正挣扎着离开身体。我摸过去，想摸清上面的茧子和皱纹，然而平滑得像一张白纸，看来他的确已变成一具无牵无挂的死尸。医生冲过来，按压几下心脏，又检查他的瞳孔，最后冲我们摇摇头。

"爸爸死了。"弟弟长舒一口气，声音是无尽的疲惫。

"是的。"我低下头看表，两点零七分。窗外的树叶晃动，很快又平静下来，"给妈妈打电话了吗？"

"打了。"他说，"她要打车过来。"

我和弟弟坐在床边，护士拿一张白布把尸体盖上，"他是怎么死的？"我问。

"心脏骤停。"护士说着，难过地看我们一眼，"节哀顺变。"

我突然想到卖板面的女孩，今天我刚对她说了这句话，此刻就反弹到我身上。不敢想象，他就在我面前死去，前一秒还说着话。我想到他走的那天，是在一个晴朗的下午，我在门口偷看他们。他们脸上满是庄重的神色，我听到他说我爱你，王婶说我也爱你，然后他们手拉手消失在夕阳里。那时我没有哭，现在也没有哭。他死了，永远不再背信弃义般去而复返，这是件好事，他挣脱了，他说过他不后悔。

妈妈走进来，她的脸上看不到悲伤，我甚至觉得她有些开心，当然，谁也不知道她的内心想法。她掀开白布，合上爸爸的眼睛，"他怎么这样高兴？"她说着，顺着身体往下看，看到他手里的钱，"这是什么？"她问。

"王婶给的钱。"我说。

"什么？"她有些糊涂了，"哪个王婶？我不认识什么王婶。"

我叹口气。她反应过来，脸结了一层霜，她的嘴角一侧向上倾斜，显得更加冰冷。然后她用力掰开爸爸的手，夺下钱，愤怒地看着我，"是你给他的？"

我没说话。她想把钱全部撕碎，一万块呢，撕得挺费力，撕了几张即失去了耐性。她走到窗边，天女散花般，把撕碎的几张钞票抛到窗外，剩下的，放回兜里。弟弟瞪大眼睛看着她，面色惊恐。

妈妈又折回我面前，抬手给我一记耳光，"吃里扒外的东西。"她说，"你怎么回事，我怎么告诉你的，永远不要和那个女人说话！"她愤怒的表情暴露她的不安，我竟然感到如释重负。我看看爸爸的尸体，有点想笑。

"我要去工作了。"我说，"我找到了工作。"

她眼里的光渐渐熄灭，看看我，又看看弟弟，我知道，弟弟的不幸将要开始了。"随便你。"她说，"反正你迟早会离开我的。"

"没错。"我跑出去，跑到院子里的花坛旁，拿出手机，拨刘军的号码，不接，我不停地打，依旧是正在通话中。我点上一根烟，大口地吸，浑身颤抖。我想，我必须得去税务局，找到他，问问他，如果我想挣脱以前的生活，能不能带我走。我必须离开这里。我骑上自行车，用力蹬，风拍在我脸上，睁不开眼，如果这时来辆车撞死我也好，不，不行，我马上就要开始新生活了。到税务局门口只用了五分钟，我走进去，感到身上爬满细小的汗珠。这时手机响了，是刘军的短信："别再给我打电话了，其实我有女朋友的，昨晚的事，我们都是自愿的，谁也不亏，别找我了。"我抬起头，环视四周，我知道他就在这里，他看到我走进来，又亲手把门关上。我对着院子里的树干笑几声，删除短信，轻飘飘走出去。

不知能去哪里，不知不觉又晃到板面店门口，女孩正在扫地，看到我，立刻放下手里的活儿迎接我。她似乎很开心。

"你怎么来了？"她的笑容无比单纯，像是什么都没有经历过。

我真想能像她这样，于是我问："你觉得呼吸困难吗？"

"什么？"她睁大眼睛。

"我说，你有呼吸困难的时候吗？"

"呃……"她惊讶地看着我，"怎么了？什么意思？"

我冲她笑笑，想起爸爸僵硬的带着微笑的脸，妈妈深不见底的眼睛，弟弟惊恐的神情。一颗炸弹在心头炸开，我捂着胸口，大口喘气。

"怎么了？"她连忙扶住我。

我依旧笑着，把手机甩出去，听到屏幕破碎的声音。我望向税务局，那棵树的叶子全黄了，仿佛就是一瞬间发生的事。什么都是在一瞬间发生的，死亡，心碎，出走。我觉得我也会瞬间倒地而死，周围的一切开始旋转，要把我扯进棺材里，"没什么，就是觉得呼吸困难。"我说着，挣脱她的搀扶，抱着头，闭着眼睛，慢慢地蹲下去。

黑暗茫茫

1

和其他人不同，马立南最喜欢周一，不管哪个季节都如此。早晨六点，天空透着雾蒙蒙的黑色，有时月亮的影子还未完全消失，他背着书包，从家里出发，骑电车去十公里外的沽源中学。几乎每次都是七点到，除了电车出故障，的确有过那么一次，他记得很清楚，半路上车胎爆了，不得不推着它向前，耽误了四十分钟。到学校时，食堂已收拾干净，没能和林梅芳共进早餐，他心里隐隐失落。后来，他跑去给林梅芳道歉，她一脸诧异，告诉他，这么点小事，不要在意。他的确有点太在意了，不光体现在这件事上。妻子杜爱琴说他像个娘们一样磨叽，他无法反驳，只能默默钻进卧室，听戏或者看电影，把不适感压下去。

实际上，林梅芳那天也迟到了，她和儿子乐乐大吵一架，因为他拒绝吃她做的煎饼——前一天晚上就开始准备，买了各种酱料和工具，特意早起做的。他即将参加中考，关键时刻偏偏显露出青春期的特征：叛逆、暴躁、忧郁、满脸青春痘。这是一件可怕的事。他的成绩上下波动，但始终维持在前一百名，能划进县城最好的高中。所以她没有太担心。她为他偷偷规划好了路，考上高中，再顺利考个好大学，学金融，毕业进银行工作，这一辈子就安稳了。

这一天，马立南很早醒来，在床上躺了一会儿，听着杜爱琴的呼吸声，隐约觉得有冰凉凉的溪水从心里的罅隙中汩汩流出来。昨天周日，他们去新盖好的公园看动物展览，免费的，她却兴致不高，路上一直喋喋不休，最后，她一屁股坐在长椅上，对前方笼子里的孔雀指手画脚，"大老远来看这该死的丑孔雀，有什么意思吗？"她的嗓门向来大声，引得路人围观，他看到他们眼中的鄙视与同情。她的块头太大了，顶他两个，像一麻袋发酵的面团，挤在长椅板的缝隙中。结婚前她没有这么胖，一米六五的身高才一百来斤，生完两个孩子后，体重涨到一百六，再没减下去，她没有减肥的打算。他了解她对生活的态度，毫无疑问，她自暴自弃，破罐子破摔。

"公园离家这么近，哪里算是大老远？"他坐到她身边，注视着缓缓下落的太阳。这个公园挺大，有假山和人工湖，算县里的一个标志。四月真是好时候，树叶绿了，有的花也开了，风吹在身上不冷不热。他环顾四周，橙黄的光线笼罩着这里的每个角落。

"你知道的。我胖得根本走不动路。"杜爱琴说。

"所以你应该多出来走走，反正我们周末也没事干。"虽然承受了她二十三年的火气，他的脾气依旧这么温和。这点遗传自他母亲，一个小个子的温柔女人。杜爱琴背地里叫她小仓鼠，因为她的门牙往外突，马立南也有这个特征，尤其是笑的时候。两个女人的关系不冷不热，因为住得远，一年才能见一次。

"有这时间，我宁可在家里待着。"她说，"我不愿意抛头露面。"

"家里有什么意思呢？女儿和儿子都不在，只有两个孤寡老人。"

"你承认你老了，我可不承认。"她轻蔑地一笑，鼻孔发出奇怪的声响，"我喜欢在家玩手机。"最近她买了一部新的智能机。

"好吧。"他摇摇头，看向笼子里的孔雀，感到茫茫的黑暗围住他。他们离得越来越远了，他能感受到。从什么时候开始的呢？大概是女儿和儿子相继离家读书后，妻子升入天堂，对生活松了手，终于不用再为他们操心了，她的愉悦体现在脸上，很快她开始享受这种生活。他可做不到，他太在意了，仿佛一脚踩进了地狱，没有女儿和儿子，空荡荡的家使他心碎。

现在，他躺在床上，阳光从窗帘缝隙钻进来，落到他手上，一小片金灿灿的黄。他想把它捞起来，像小时候在水井里捞月亮，他记起那种感觉。现在那口井还在老家的院子里，不过已经换成了水泵，因为水位下降很多，得往深处挖，毕竟三十多年过去了，人生有多少个三十年呢。他是农村长大的，后来考上师范学校，分配到沽源中学教语文，在县城买了套小房子，顶楼，七十平。父母还住在村里，他想把他们接过来照顾，遭到杜爱琴的强烈反对，而且他们也不愿意。住不惯楼房，还得爬楼梯，父亲说，母亲在一旁微笑点头，她无法再开口说话了，一年前的脑血栓摧毁了她的嗓子和半块身子，只能坐在轮椅上，父亲对她并无耐心。

他起床，给杜爱琴盖好被子，轻手轻脚洗了把脸，拿着包出门。孩子们走后，杜爱琴每天睡到自然醒，醒来吃点东西，继续躺着看电视或去楼下的麻将馆。麻将馆是她前年租下的，生意冷清，赚不到钱，她对此并不上心。她做过好多工作，均以失败告终，现在她不想再挣扎了。

路很长，一直往前骑，从县城到乡镇，两旁的景色越来越凋敝。天空显露出鱼肚白，一抹红色挂在东边，是朝霞，他已经很久没看到过。风吹在身上凉凉的，空气中弥漫着厚重的粉尘，轻轻扑打在脸上。他已习惯了北方的气候。前段时间，女儿给他打电话说想去南方工作，他担心她受不了，但没有表露出来，自她进入大学，他只能支持她做的每个决定。世界是年轻人的，他和林梅芳都这样想。

到学校后，他把电车停到车棚，瞥到林梅芳的黄色电车，她已经到了。他急匆匆往食堂赶，教师窗口在二楼，上去后，发现其他老师没来，只有她一个人坐着，打好的饭摆在她面前，一碗粥，一个鸡蛋，一碟咸菜。她总是吃很少，因为减肥，但她已经够瘦了。他把包放过去，冲她微笑："早啊，林老师。"

2

吃晚饭时，他接到女儿的电话："爸爸，我想毕业后读个电影编剧进修班。学费两万多，不管吃住，算下来得五万块钱。"今年六月份她要从医科大学毕业，跨专业考研失败，只能找工作。末了，她叹气，说，爸爸，做成喜欢的事可太难了太难了，就挂断了电话。

杜爱琴问他什么事，他告诉她，女儿需要五万块。五万块？她叫了一声，家里可没这么多钱。说完她又躺回床上，没有收拾碗筷。马立南把剩菜放进冰箱，呆坐在黑暗里，八点了，女儿的声音依然在耳边回荡，她最后说的那句话刺痛了他，心里又被愧疚填满。如果他不逼她高中时学理科，或者不阻止她复读，也许她就能考上文学的研究生。她有这方面的天赋，他一直都知道，她八岁时写了第一个童话故事。但他把她的天赋压了下去，学文科路子太窄，除了当老师、做文员，还有什么工作？他希望她别走他的老路，而是拥有更多选择。事实证明他错了，他一辈子待在小县城，不知道外面世界多精彩，学文科还可以当作家、导演、编剧、记者……种种他想象不到的工作。这使他后悔不已，发誓要支持她今后的任何决定。

他走进卧室，妻子躺在床上，手机屏幕的亮光把她的脸照得惨白。

"你那里有多少存款？"他问。他们的银行账户一直是分开的。

她没有动，脸上的皱纹像留在橡皮泥上的刀痕，"我哪里还有存款？"

"你的钱呢？"

"放到网络黄金里了，等着钱生钱。她什么时候读进修班？我看到时候能不能取出来。"

"九月份。"他说，"那是什么？"

"一个赚钱的平台。"她坐起来，"利润很多，土地局局长在上面赚了一百多万。"

"噢。是干什么的？"

"我跟你也说不清，反正就是赚钱的。"

"好吧。"他没有再追问，"我这里没什么钱了，五万块怎么办？"他前年在市里买了一套三十平米的房子，用光了所有积蓄，每月还要还一千的贷款。

"你还有多少钱？"她问。

"一万多。"

"我去找朋友借两万，剩下的两万你想办法。"她说，"这个进修班不读不行吗？怎么这么贵。"

"她要转行嘛，不想做医生，想做编剧。"

"真是贵得不行。"她嘟囔，"怎么非要做编剧？"

"你别管了，去借钱就行。孩子的决定我们应该全力支持。"

"毕业她就知道生活多难了，"她又躺下，侧过身子，背对他，"生活从来都没有选择。"他望着她宽大的腰围，不知该说什么。他也躺下，给林梅芳发微信，在干吗呢？他想和她说说这件事，她肯定完全理解。等了一会儿，没回，他把手机关机，沉沉睡去。

那天，马立南在梦里不停挖坑，先是铲子，后来用挖土机。不知道在找什么，只觉得身体特别累，最后他两手空空，瘫在太阳下哭泣。他是哭醒的，枕巾湿了一片，满脸泪水。他无法用语言描绘这种感觉，想起小时候打碎了一扇玻璃，吓得不敢回家，躲在村口的山坡上哭泣。如履薄冰，他脑子里闪出这个词。

他决定找个兼职。他曾做过砖瓦工，利用暑假时间，在他学生包的工地上，和泥垒砖，一天一百，两个月赚了五千。杜爱琴对他这份工作不屑一顾，"你就非要做苦力？不能靠动脑子赚钱？"她希望他办几个辅导班，或者做家教，狠狠捞一笔。但哪有人补语文呢，而且县里对辅导班的管理太严格，被发现是要开除的，他不想冒这份险。

年轻时有过一阵下海经商热，他最好的朋友从学校辞职，跑到海南倒腾水果，发了不少财。他本想陪同，几经思索还是没去，太冒险了，万一亏了本，连工作都丢了。后来朋友从海南回来，买了第一辆跑车，红色的，敞着篷，他没见过这样稀奇的玩意，坐了坐，感觉心脏都要飞出来。再后来，朋友出车祸死了，三十八岁，留下一个读小学的女儿。他在家哭了一星期，不上班，也不吃不喝，把杜爱琴逼急了，"人各有命。"她咬着牙说，"你烦死人了，马立南，他死了，你也想死是不是？"他头一次为她的冷漠震惊。

现在，他又想起了那个朋友，他的女儿和马宁同岁，考上了重点高中，孩子的妈妈改嫁到另一个县城，听说过得不错。那辆跑车大概是卖了，或者送进了废品站，因为被撞得稀碎。他已经不那么难过了，九年过去，轻而易举的事。

他拿着新一期报纸，最下边一栏是县城的招聘启事，他一条条看下去，大多是招全职。突然，"孔夫子足疗店"吸引了他的注意，"招修脚学徒，待遇优厚。"他合上报纸，决定试一试。

3

"今天写了多少字？"林梅芳把一沓纸放到他面前，"我写完了一个短篇小说，你看看，也拿给你丫头看看，让她提点建议。"

"我已经好几天不写了，很难坚持。"马立南把纸放进包里。中午吃过饭，办公室只有他们两个人。"你把电子版发到她邮箱，她都在网上回复。"

"你要坚持啊，想想马雯。"林梅芳点头，脸上一层红晕，"她真优秀，不是吗，也多亏你教育得好。要是我儿子这么优秀，我做梦都能笑醒。"

马雯在杂志上发表了多篇小说，这在沽源中学引起了轰动，他们都叫马立南"作家爸爸"。顺带掀起了学校老师的写作潮，林梅芳是代表人物，她和马立南一样，读大学时在报纸上发表过文章，上班后再没写过。她看到马雯的小说印在杂志上，心里触动很大，和马立南约定，每天坚持写五百字，什么体裁都行，写完后互相提意见。

"任何事情从现在做起就不算晚。"约定的那天，林梅芳坐在椅子上，窄窄的衣领皱成一小团，温柔地看着他，"老马，你是我永远的朋友、知己。"

马立南的心狠狠跳了几下。她比他小八岁，教化学，老公在银行上班，他们大学恋爱，毕业回老家结的婚。她总流露出天真的一面，像个涉世未深的少女。老马，你是我永远的朋友、知己。这句话多么美妙。他想说她是他心中一块圣地，游离于家庭之外的寄托，虽然他们只是聊文学，相互鼓励，但他已非常满足。

"你要坚持写，老马。"她的手攥成拳头，做出加油打气的动作。

"我会的。"他点头，感到心虚。他是想写的，但写不出来，书更读不进去。年纪越大越浮躁，无法静心钻研，有时他怀疑自己的天赋已经消失，被生活磨得干干净净。有看书的时间，他宁可多赚钱，杜爱琴也这么认为。

晚上，他给女儿打电话，问她有没有收到林姨的小说，她说收到了，过几天看，最近太忙。他问她忙什么，有什么计划，她说忙着写毕业论文，以及思考将来怎么办。他们聊了一会儿，女儿的消极态度使他难过，她说她什么都不想做，也什么都不会做，像条一无是处的咸鱼。挂断电话，他感到胸腔被水注满，心脏泡得难受。她无助又迷茫，他却什么忙都帮不上，造成这种局面甚至有他的原因，太糟糕了。

他想和妻子聊聊这件事，希望她想出办法帮女儿克服这种状态，也许是毕业综合征。但她躺在床上，身上的肥肉摊开，像条巨大的毛毛虫。他努努嘴，感觉她离他们的生活十分遥远。这时，她从包里拿出银行卡，"都在卡里了，密码是我的生日。两万五。"他接过，却想不起具体日期，他们没有庆祝过特殊日子，从来没有。

"是二月初九吗？"他问。

"二月十九。"妻子背对他，声音平静。

4

老板叫高坤，个头不高，三十多岁，虎头虎脑，他和妻子共同经营这家足疗店。第三次去，马立南才见到他的妻子万红，右脸一道明显的刀疤，多了几分凶气，听说是被前夫砍的。他们有个读初一的女儿丽丽，像个麻杆，又高又瘦，看人时斜着眼，露出轻蔑的神情。他曾看到她偷拿柜子里的钱，跑到对面理发店染了一头红发，回来后瞪他，不停翻白眼，像在警告他，少管闲事。他时常为这个女孩担忧，大概由于他恰好教初一，他无法想象班上的女学生躲在阳台抽烟，和男孩搂在一起。奇怪的是，女孩的父母并不在意，所以他也不便多问。

他告诉妻子足疗店的情况，和她讨论那道伤疤，"非常长，从嘴角咧到耳朵。"

"真不知道她怎么活下来的。"杜爱琴感叹，"打女人的男人都该下地狱。"

马立南表示赞同。

"那个女孩迟早得出事。"她又说，"他们不是合格的父母。"

"现在的孩子都这么难管，社会变了。"马立南叹气，"还好，儿子长大了，越来越懂事。"

"不一定。"她说，"皇帝大老爷麻烦你的时候还多呢，等着吧。"

马宁和杜爱琴的关系很糟，她无法忍受他的懒散与傲慢，"他让我感到恶心。"一次，他们争吵过后，她对马立南说，"都是你把他宠坏了。"仿佛有道雷劈下来，马立南的骨头隐隐作痛。她一直怪他要二胎，"如果只有雯雯一个，就不会有这么多麻烦事。"她在他耳边叨叨，无休无止。后来，马宁中考考了一百多分，没有高中收留，只能花钱送到石家庄一所职高学物流专业，就算学不好，将来还能送快递。马宁走后，家里彻底安静下来，"我希望他永远留在外面，"杜爱琴说，"我一点都不想他。"他无法理解她的想法，就像幼年时无法理解井里的月亮捞不起来。

马立南学得很快，先把足浴盆放满热水，溶解一包藏红花，泡脚十分钟，正式工作就开始了。拿毛巾擦干净脚，用修脚刀刮掉死皮，把指甲修剪平整。然后，他把客人的腿放上小板凳，涂满按摩膏，细细端详，每个人的脚型都不一样，他想起儿子的脚，上面有一块椭圆形的胎记。先左腿再左脚，先上后下，先里后外，先脚面再脚底，他用尽全力敲打摩擦皮肤，直至微微发热。一次，他划破了客人的大脚趾，血流不止，赔了二百块，相当于他修十次脚的工资。高坤替他出了这个钱，叮嘱他以后千万小心。他心里感激，下决心在这里长干，每天吃过晚饭，便匆匆赶过去，一个月下来，差不多能赚一千五，还房贷的钱不用愁了。

他的手法越来越熟练，每次回村里，都要给母亲捏脚。虽然她不能说话，眼里却一直含着笑，偶尔他手重一些，她痛得龇牙咧嘴，但依然露出温柔的神色。他爱母亲多于父亲，从小就是，她教会了他很多道理，比如，人要实在，不能耍小聪明，比如，脾气要好，不能打人也不能骂人。

"做足疗能复原得快一点。"他对杜爱琴说起母亲的反应，"她的腿快好了。"他一直希望母亲能重新站起来，开口说话。

"不可能。"她冷冷地说，"医生说无法复原，你就别做梦了。"

他被她这番话气得浑身颤抖。她年轻时就爱说丧气话，抱怨他不能调到城里的中学，而是在镇子上晃来晃去。他喜欢听戏，她说那是娘们才有的爱好。结婚前，马立南不知道自己想要什么样的女人，结婚后，他明白杜爱琴不是他想要的。已经晚了，这就是命运的玩笑，像他这把年纪的人，有几个婚姻美满呢？平静下的暗涌，他想到张爱玲那句名言，生命是一袭华美的袍，爬满了虱子。婚姻也如此。

他没告诉林梅芳兼职的事，如果她不问，他不会主动汇报。他很少说家里的事，除了马雯，他的小骄傲，每次谈论时整个人都会漂起来。林梅芳倒经常分享她的生活，老公买了辆什么车，儿子考了第几名，又网购了什么衣服，种种琐碎的小事，她都一五一十告诉马立南，脸上是认真的神色。这使他无比愉悦，他是善于倾听的人，如果时间允许，他可以永远听她说下去，一边微笑，一边歪着头。老马，你是我永远的朋友、知己。每次看到她，他都能想起这句话，并感到身体被甜蜜击中。

"你知道网络黄金吗？"一次，林梅芳问他。这个词非常熟悉，但他想不出在哪里听过。

"不知道。"他摇头。

"一个投资平台。我老公投了十万，取不出来了。县里好多人弄，都被骗了。"她说，"你没投就好，我反正从不相信投资这种事，不劳而获的都不靠谱。"

他突然想起，杜爱琴告诉过他，用钱投资了一个赚钱平台，是什么呢，是网络黄金吗，名字到嘴边却说不出来。

"怎么了？"

"没什么。"他摇头。

5

天气越来越热，夏天到了，风的温度几乎超过体温，足疗店倒是凉爽，空调嗡嗡作响，冷气掠走马立南身上的汗珠。足疗店的客人越来越少，"夏季是淡季。"高坤说，他没注意到附近又开了几家足疗店。这个月马立南只赚了九百，四十五双脚，平均一天才做一双半。

一次，他正给一个胖男人修指甲，林梅芳的电话响起，她很少给他打电话，所以他有种不好的预感。

"你能来一下吗？"她的声音嘶哑，像是刚刚哭过，"来我家。"

他没有犹豫就答应了，挂断电话，才意识到已经晚上九点。他告诉高坤家里有急事，拿上包，骑着电车赶去她家，广场小区，县城最贵的房子。路上没什么人，一个流浪汉躺在桥边，身上裹着厚厚的被子。街道两旁的树上缠着一团团小彩灯，红的绿的来回交替，五一时装饰的，节日的气氛没有消退。他还没想好回家后如何对杜爱琴解释这件事，风刮在身上，一阵清爽，也增加了他的勇气。

她家在八楼，没有电梯卡，只能走楼梯。声控灯不亮，他打开手电筒，四处照照，墙壁散发出油漆的味道，刺得鼻腔疼。这几年，他的眼睛花了，看书时必须戴上老花镜，马雯给他买了好多书，因为他嚷嚷着要写东西，"想写东西，先读书吧。"马雯告诫他要坚持。他想起他的大学，没有名气的师范学院，一排整齐的楼房，操场里有棵巨大的梧桐树。历史系在二楼，四十个人，总共就七个男孩。有个女孩经常和他去图书馆，讨论各种冷门知识，她想难倒他，他却每次都能解围。女孩嘴角有颗痣，笑起来位置会上移。后来他在报纸发了一篇小散文，收到六块钱稿费，请她吃饭，在食堂二楼，要了两个小炒。阳光落得哪里都是，那时他以为人生也会这样，一片明朗。

林梅芳坐在地上，靠着沙发哭泣，面前是撕碎的纸屑和几个空掉的啤酒瓶。

"老马。"她低着头，声音里是无尽的疲惫，"他爱上了他的女客户。"

他不知如何安慰她，她颤抖的肩膀刺痛了他的心。虽然有股极强的冲动，想去搂住她瘦弱的身体，可他只是坐着，把紧握的双手放在膝上。客厅里一盏小灯亮着，光线打在撕碎的废纸上，他看到"离婚协议"四个字和其中一个签名，刘亚伟。她没有签，她说她还不想离婚。

"我无法想象没有他的生活。"她的大眼睛肿成一条缝，"就算他不爱我了。老马，我和他在一起二十年了，下下周二是我们的结婚纪念日。"

"乐乐怎么办，他不能接受没有爸爸。"她把手拄在太阳穴，用力敲打。

他靠近她，抓住她冰凉的手，防止她弄伤自己，"好了，不要再想这些事，你应该好好睡一觉。"

"明天呢？明天怎么办？"她又哭起来，呼出的热气全是酒精味。

"先把今晚过好，明天我再来看你，如果你想的话，就给我打电话。"他把她扶起来，拿毯子围住她的身体，她醉得不轻。"上床睡觉吧。"不知道哪间是他们的卧室，他扶着她走进左边一间，掀开被子，让她躺进去。他把被子拉到她下巴处，坐在旁边，听她哭了一会儿，直至她恢复平静，胸口一起一伏，嘴巴也闭上了，哭声逐渐消失。安静使他浑身燥热，他在黑暗中观察她的轮廓，如此纤瘦，仿佛一捏就会碎掉。他不知道她有没有睡着，这是极其重要的时刻，但他没有伸出手。

"你想过我吗？"关门的瞬间他听到微弱的声音，不知是对他说的还是梦话，等了一会儿，平静的房间没有一丝波动，他怀疑自己听错了。他把她留在那里，走出门，下楼梯时摔了一跤，心不在焉的，疼痛提醒他，衰老就像钻进毛孔里的灰尘，擦也擦不掉。路上，他脑子里出现和林梅芳一同上楼梯的情景，他想象和她搬去石家庄的小房子，买一堆柔软的枕头，靠在床上写字、读诗，没有生活的忧虑。他们会共同抚养乐乐和马宁长大，做一对不那么糟糕的父母。不管怎样，他会永远支持她，或许他们会再生一个孩子。

回到家已经十二点，杜爱琴坐在马桶上，"我以为你早就回来了，我睡了一觉，又醒了。"浴霸的光晃得他眼睛疼，她光着身子，像金光闪闪的佛祖。"我又便秘了。"她垂头丧气，肚皮上的疤依然清晰，那是生马宁时留下的，当年他坚持要个儿子。他突然有些难过。

"明天我给你买点香蕉，润肠通便。"

"好。今天怎么这么晚？"

"客人太多了。"

"早点睡吧，不要太拼，学费的事不用发愁。"

6

丽丽离家出走了。高坤打来电话，请马立南帮忙找找，他们已经找了三天，把整个县城翻了个遍。"现在的孩子真是无法无天。"万红拿纸巾擦眼泪。她发现了她抽屉里的验孕棒，大吃一惊，问她怎么回事，她一言不发，冷冷地望着妈妈，一转身，从二楼跳下，一溜烟跑个没影。

"要是找到她，我得把她打死。"高坤坐在椅子上，火气从眼里冒出来。

"冷静点。"马立南看着面前的两个人，想到丽丽那头红发，"和班主任沟通了吗？"

"沟通了。丽丽早恋了，和初三的一个男生。"万红脸上的刀疤被眼泪冲淡。

"也许他们就在一起。"马立南说，"我们可以去找找那个男生，打听一下。"

吃晚饭时，马立南把这件事告诉杜爱琴。"我就说她迟早得出事。"她把一勺燕麦粥放进嘴里，"孩子是需要管教的，不能放任不管。"吃了一会儿，她又说，"真是一对失败的父母。"

"谁又不是呢？"马立南摇头，夹了几根咸菜。世上真存在无可挑剔的父母吗？反正他一直觉得自己是失败的父亲，宠坏了马宁，耽误了马雯。杜爱琴也不算好母亲，也许以前是，在孩子们很小的时候，她整夜不睡，细心照顾他们的饮食起居，但这不够，远远不够，他们需要的不仅仅是这些。马立南想到马雯沮丧的语气，"爸爸，我是条一无是处的咸鱼。"心又难受起来，做一对好父母太难了。

他两周没见到林梅芳了，每天早上他一个人吃饭，沉默不语，有什么东西一直哽在嗓子里。她不来上课，也不接电话，像蒸发掉的水滴。他想去找她，那晚昏黄的灯光在他心头荡漾，但他担心给她带来麻烦，也许她已经和丈夫和好了。

周末，高坤告诉马立南，那个男孩的联系方式找到了，但他父母的电话打不通，只知道地址。马立南正坐在沙发上看一个关于战争的电影，挂断电话，屏幕里突然出现血淋淋的人头。杜爱琴在削苹果皮，"真恶心。"她把脸别过去，"怎么老看这种东西？"

"我们要去找丽丽了，你去不去？"

"不去。"她摇头，咬口苹果，留下一块红印，她的牙龈经常出血，"我不喜欢那女孩的父母。"

"不要太苛刻，他们已经走投无路了。"他拿着包走到门口，又折回来，"你是不是投资了网络黄金？"

"是啊。"她的眼睛盯着屏幕，电影换成了偶像剧。

"那是骗人的。"

"你听谁说的？"

"我同事，他家里有人投资了十万，全没了。你投了多少？全投进去了？"

"你去找丽丽吧。"她说，"让我安静一会儿，马立南，给我点私人空间。"

去足疗店的路上，他想起和杜爱琴第一次见面。她穿红碎花大翻领上衣，腰肢纤细，皮肤白，烫了满头波浪，一抹鲜艳的红嘴唇，他惊得说不出话，从没见过这样美丽又野性的女人。她把手里的篮子递给他，里面是送给他爸妈的鸡蛋。她家条件好，爸爸在粮库工作，不愁吃喝。她冲他笑，他也羞涩地笑，感觉自己十分土气。事实上，杜爱琴比他大五岁，但她隐瞒了自己的年龄，她妈妈教她这么做的，在农村，女人的年龄是个敏感话题。现在，他又想起了这个谎言。他从没问过她婚前的事，不知道她经历过什么，如何拖到三十岁才下定决心嫁人。刚结婚那阵子，他觉得她身上有种神秘气息，后来消失了，像缓缓沉入水中的硬币。管不了的我不管，他在心里安慰自己。

赶到足疗店门口，他看到万红手里拿着一捆绳子，"今天绑也得把她绑回来。"她一抹眼，泪又簌簌往下掉。

"哭什么哭，大不了就当从没有过这个孩子！"高坤夺过她手中的绳子，气冲冲往前走。

马立南和万红跟在他身后。她的脸色苍白，眼睛又红又肿，刀疤也变得脆弱。"马老师，你是当老师的，这可怎么办呀？不说她她不听，一说她她就跑。这是要把我逼死呢。"她突然发出一阵哀号，差点栽到地上。

"现在的孩子没法管。"高坤回头，不停叹气，"别为她生气了，爱咋地咋地。"

他们走进广场小区，马立南想起林梅芳，那晚她哭的样子又跳出来，她是个好女人，却碰到坏男人，太不公平。她应该和同样爱好文学的男人在一起，而不是一个银行职员。人应该找适合自己的人，不过现实是几乎没有选择的余地。万红不哭了，扎起头发，和高坤并排走。马立南跟着他们上楼，才发现敲的竟然是林梅芳的家门。

"是不是搞错了？"马立南问。

高坤看看保存的地址，"没错，绝对是这儿，那小兔崽子叫什么乐乐，读初三。妈的，不好好准备中考，搞他娘的对象！"

半天没有人回应，高坤急得不停砸门，终于，等了一会儿，门开了，是乐乐。马立南见过他一次，那时他应该读四年级，个子不高，胖乎乎的。现在他的个头至少一米八，一点肉都没有，脸颊的轮廓像刀子削过，和林梅芳越来越像。估计他早不记得他了。

"你们找谁？我爸爸不在。"乐乐睡眼惺忪。

"找你！"高坤挤进屋里，环顾四周，"丽丽呢？丽丽在哪儿？"

乐乐显然被吓住了，他的条纹睡衣皱巴巴贴在身上，"我不知道。"他摇头，"我们早就不联系了。"

"放屁！"万红大声说，"别以为老师不知道你们那点破事，我告诉你，丽丽不见了，她要是出什么事你负责！"她在客厅转了几圈，"你爹妈在哪儿？"

"真的已经不联系了，她没在我家。"乐乐说。

"我问你爹妈呢？"

"死了。"乐乐说。

马立南看着乱糟糟的客厅，碗筷堆在餐桌，几只苍蝇嗡嗡盘旋，沙发垫子和几件衣服扔在地上，外卖盒七零八落，哪里都是尘土，像是好久没人住了。

"乐乐。"马立南说，"我是你妈妈的同事，你还记得我吗？"

乐乐摇头，把脸转过去。夫妻俩望着马立南，"真的吗？马老师，真是你同事？"

马立南点头，"乐乐，你知道丽丽在哪儿吗？知道的话一定要告诉我们啊。"

"我真不知道，听说她已经有新男朋友了。"

"你妈呢？"

男孩指指左边的卧室。马立南走过去，推开门，看到趴在床边的林梅芳，背对着他，光溜溜的腿缠在一起，脸埋进被子，一只乳房从吊带背心里露出来。"哐当——"他往下看，发现地上全是空掉的啤酒瓶。

"林老师。"马立南喊。她一动不动，甚至没有起伏的呼吸，仿佛死了一般。

"林老师！"他走过去，把她抱起来，整好衣服，放到床上。她的双眼紧闭，嘴唇变成紫色，他轻轻摇晃她的身体，冰凉的触感使他害怕。其余三人也跟进来，乐乐突然冷冷地说，"我就说她死了吧。"他走回自己卧室，大声关上门。高坤和万红面面相觑，不知如何是好。

"他家没男人吗？他老公呢？"万红问。

"我们得把她送到医院。"马立南用手指贴上她的鼻子，"还有呼吸。得赶快叫救护车。"他的声音颤抖，拿起手机，按下120。

7

马雯突然从学校回来，说要冷静几天，认真想想今后的发展。杜爱琴勤快许多，每天好吃好喝伺候着，相比儿子，她更偏爱女儿。马立南和女儿聊过几次，告诉她不要担心钱的问题，想学什么就去学。但她还是闷闷不乐，不知在想什么。

"林姨的小说写得太差了。"她说，"太过时，太老套。现在的读者都不看那种文章。"

"可能因为我们本身就过时了吧。"马立南说。

林梅芳在医院住了三天。期间他看过她两次，她的眼神依旧没有光彩，虚弱地躺着，不吃任何东西。他给她买了樱桃、山竹和荔枝，都是她爱吃的水果，叮嘱她多少要吃点。她望着他，眼泪又往下掉，干裂的嘴唇一张一合，"老马，我们马上要离婚了，一定是我平时对他关心不够。"马立南想握住她的手，告诉她不是你的错，你这样的人值得被爱。但他只是回望她，"都会好起来的，你要坚强点。"

丽丽找到了，是乐乐帮忙套出的话，在一家KTV。夫妻俩推门而入，看到化着浓妆的红发丽丽，正被一个中年男人摸大腿。高坤气得拿啤酒瓶砸了男人的脑袋，男人不知从哪里摸出一把刀，刺进高坤的腹部。丽丽不停尖叫，老板赶过来，叫了救护车，把昏厥的万红一同送到医院。足疗店处于歇业状态，马立南去医院探望，发现丽丽把头发染回黑色，无精打采陪在病床前，听说她决定继续上学。他想到万红之前说的话，现在的孩子必须搞点事情，才能吸取教训。

由于拆迁，麻将馆不能续租，杜爱琴把麻将桌和空调转手卖掉，失了业。马立南帮她在一个小厂子里找了份工作，录入员，每天用电脑记录购货出货记录。去了两天，她说不会用电脑，一看屏幕就头疼，最后还是辞了职。他为她的态度恼火，一连几天没和她说话，她明白他的意思，笑着对他说，"我知道你生我的气，是啊，我看不上这点工资，我要赚大钱。"然后她真的越来越忙了，很早出门，很晚才回，甚至不回。他问她找的什么工作，她说就是原来的投资平台，现在队伍壮大了，还得去北京开会。

"网络黄金是传销团队，专门骗钱的。"马雯对马立南说，"网上都曝光了。"

"谁都知道，只有你妈不知道，她鬼迷心窍了。"

马雯对杜爱琴复述曝光词，劝她收手，杜爱琴冷笑，你连进修班的学费都要我们出，你好意思干涉我的事吗？马雯气得大哭一场，第二天就回了学校。女儿一走，家又变得空荡荡。一次，他大扫除，收拾出女儿的日记本和儿子的玩具，看到这些泛黄破旧的小物品，想到年轻时候，如果大学毕业后留在石家庄，没有回来小县城，人生肯定不一样。他偷偷掉了几滴泪，赶紧擦干，祈祷杜爱琴没看见，她肯定不理解这种感觉，不知又能说出什么过分的话来。不幸的是，他的身体也在走下坡路，胸闷心慌，恶心无力，不停冒虚汗。莫非更年期到了？他对杜爱琴说起现状，她白他一眼，"男人哪有更年期？真娘炮。"不知她从哪里听的娘炮这个词，但他第一次对她有了厌恶的感觉。

8

晚饭后，他去药房买药，碰到林梅芳，她剪了短发，面色红润，神采奕奕。他突然意识到已经一个多月没见到她了，也没有给她打过电话。他被自己的事缠得脱不开身，想必她也是。老马，你是我永远的朋友、知己。四目相对得瞬间，这句话在他心头飞扬。

"林老师，好巧。"他微笑。

"老马，好久不见。"她也笑着，眼睛亮得出奇。

他们决定去附近新开的咖啡馆坐坐。她坐到他对面，香水味和黑色长裙混合，钻石耳钉在灯光下一闪一闪，她做了酒红色美甲，衬得手指修长。他能感到她的轻快愉悦。

"丽丽那孩子怎么样了？"林梅芳问。

"返校上学去了。"

"嗯。最近有没有写东西。"

"没怎么写，你呢？"

"我也没写，一直在思考东西。"她神秘一笑，"还没好好谢谢你呢，上次，你把我从鬼门关拉回来。"

"说明你命大。"马立南笑了，"最近怎么样。"

"离婚了，乐乐归我。"她捏捏左手的大拇指，"感觉很不错，豁然开朗，我第一次有了真正在活着的感觉。"

他点头，"那真不错。"他没想到她能迅速摆脱婚姻阴影。

"你呢？老马，你怎么样？"

他望着她温柔的脸，想把心里的感觉全部吐露，妻子、女儿、儿子、父母，这几个人组成了他的一切。他能感觉到，他们变成了茫茫的黑色雾气，将他重重包围，直至他丢失自己的生活，原本属于他的、真正的生活。他张张嘴，却什么都说不出来，生活往往没有选择，他记起杜爱琴说的这句话，无处逃脱，他想，紧紧攥住拳头。

"我也还好。"最后他说，不敢看她的眼睛。

"老马。"她突然握住他的手，像母亲一般轻轻抚平。他的皮肤表层剧烈地震荡起来，汗毛直立，不敢相信他曾期待过的事就这样发生了。"我们需要点信仰。"

她抽回手，从包里掏出一本书，放到他面前，外面包着厚厚的书皮，他翻开，是本圣经。他抬头，惊讶地看着她。

"我们总归是要回到天国的，来地球只是为了赎罪，所有的事上帝都看在眼里。"她翻到第一页，"所以，经历什么不重要，老马，我们得看开点。只要我们信仰上帝，死后都能得到解脱，重回天堂，到时我们就是天使，是兄弟姐妹，是上帝的子女。"

"你入基督教了？"不知为何，他突然想到杜爱琴。

"对。三公里外有座教堂，我经常去那里坐着，真能有所顿悟。我感谢那个拯救我的传教士。"她说，"我也想拯救你，老马。你是我最好的朋友、知己。"

那晚，他一动不动，听她讲了三小时的圣经，还约好明天一起去教堂接受洗礼。事实上，他不喜欢这样的林梅芳，完全超脱般，无欲无求。他希望他们还能像以前那样，在家庭之外聊点不一样的东西，小说和诗歌，而不是圣经和上帝。他一直是无神论者，但她突然好转的精神状态使他感到不可思议。回家的路上，风突然变得很凉，他想到刚才的谈话，疑问一个接一个，上帝和救赎真的存在吗？如果这样，人类为什么还要生活？甚至会苟延残喘，一塌糊涂？有信仰就能超脱吗？明明有很多既有信仰又做坏事的人，那他们死后去天国还是撒旦的地狱？他想不明白。

回到家，杜爱琴正坐在沙发上看电视，面前一堆杏核，毫无疑问，全是她吃的，她的胃口越来越大了。

"怎么这么晚？"她问，眼神没离开屏幕。

"胸闷，散了散步。"

"噢。没事多想想怎么赚钱吧，足疗店的活也没了。"

他望着她肥胖的身躯，想找到那个波浪头红嘴唇女孩的影子，遗憾的是，她完全走了型。以前她还能温柔细语，现在，她只会冷言冷语，找到你的弱点，给你重重一击。这样的人，会去天国做天使吗？

他本想问问她网络黄金投资的情况，脱口而出的却是："你相信上帝吗？"

她看她一眼，又很快回归屏幕，"神经病吧你。"她突然夸张地笑起来，仿佛听到了天大的笑话。

绿
蝴
蝶

1

爸爸得了抑郁症，这让我始料未及。妈妈死后，他在家躺了三年，对，什么都不做，直挺挺躺着，睁眼望着天花板，后来他重新开始工作，我们都以为他走出来了。有次喝醉酒，他拉着我的手不停道歉，嘴里嘟囔，对不起，王琳，对不起，你知道人活着什么最重要吗，是开心，是快乐！我以为他比我乐观。他习惯直呼我的大名，虽然我有个小名，甜甜，妈妈在世时取的，后来他再没那么喊过我。他怪我，这点可以确定。

他躺在沙发上，手脚被弟弟捆住，看到我进来，他转过脸，不想看我。我悄无声息坐到他身边，那只绿蝴蝶在手腕处飘动，翅膀似乎碎了，无精打采的，像他一样。他又看我一眼，把嘴巴闭得严严实实。

弟弟说他刚才企图用水果刀割断喉咙，我问他水果刀哪里来的，他说不知道，家里的器具明明都被收起来了。我看一眼弟妹，因过度惊吓而失控，下巴里的玻尿酸快飞出来了。她叫李沫，小名仙仙，今年十九岁，去年夏天被我弟弟从电影学院领回家，迅速结了婚。我并不看好这段婚姻，但还是念了祝词，在瑞士的一座古堡，她为我们弹了钢琴，俩人正式结为夫妻。前几年弟弟做生意发了财，找过好几个这样类型的女孩，最终选择了胸最大的，虽然我一直怀疑是隆的。

很难想象爸爸已经六十五岁。我的记忆似乎还停留在幼年，他骑自行车带我和弟弟去吃冰棍，路上车胎爆了，我磕掉一颗门牙，流了好多血，哇哇大哭，他反手给我一耳光，叫我安静点。后来那颗牙放在罐头瓶里，被阳光烤得焦黄。而我空出的缺口，再没长出新牙，只能去牙科诊所镶个假的。有一次和一个男人接吻，他发现我的秘密，我将这件事分享给他，他表示十分遗憾。我说是啊，太遗憾了。弟弟说送我一颗大金牙，被我一口回绝，我四十岁了，驾驭不了，年轻时倒可以玩一玩。现在他也三十七了，肚子肿起来，终日应酬使他筋疲力尽，白发像割不完的韭菜，一茬又一茬。

我想到有一次，大概是八年前，我问弟弟，王阔，你有没有一种感觉，像是身体里所有元素往外冒，滋滋地，停不下来。他摇头，抽着烟看我，你放心，我会多赚钱，给你养老，送你去最高级的养老院，丹麦也行，让你做随心所欲的老太太。我拍拍他的肩膀，拿掉他手里的烟。

"我记得你有个愿望。"他又说。

"哪一个？"我望向窗外，院子里的草坪脏兮兮的，他应该请个修理工，"我有过好多愿望。"

"你说你想四十五岁时无痛死掉。"

"噢。"我笑起来，"二十二岁写的吧。"

"大概是，我还在读高中，偷偷看了你的日记本，你写着：我恨所有人。"

我笑，"谁年轻时没有恨过全世界呀？"

"我没有。我一直都感觉不到你所形容的那种痛苦，可能我天生迟钝，在这方面。"

"关于妈妈呢？"我问，把烟狠狠摁到花盆里。

"我已经很少去想那件事了，你也不要再想。"

"他怪我，一直。我也怪我自己。我想过自杀，又没有勇气，去了那边见到她我说什么呢，但迟早是要见的。"

"他早就不怪你了。"

我沉默。

"我只希望我们能健康平安，爸爸，你，我。"

"世事难料。"

"你要活得久一点。"他看着我，握住我的手腕，"你是我最亲的人。将来我只有你一个。"

我们把爸爸抱到床上。我提议解开他身上的绳子，但仙仙不停摇头，"不要不要，也许他还藏着其他的刀。"她被吓坏了，我看得出来，毕竟她才十九岁。我十九岁时在石家庄一所高中复读，和玩摇滚的男朋友橙子同居，整天逃课乱窜。直到爸爸来学校看我，听老师讲我的种种劣迹，他勃然大怒，带我回唐县，拿皮带抽得我差点残废，又锁进卧室。这件事成为我们矛盾的爆发点。我依然不肯回头，一口咬定不再上学。我们的脾气又臭又硬，两个相似的人只有对抗。后来，我让王阔开门，偷偷跑回石家庄，在橙子的房间里不停流泪。我问他，你想结婚吗？这是我第一次也是最后一次产生进入婚姻的念头，并为他当时的拒绝感到庆幸。我们同居了三年，白天他排练乐队，我去书店坐着，看些好玩的书。我们曾大打出手，抱头痛哭，年轻时的爱情暴烈又甜腥，如果这能称为爱情的话。期间他们没有找我，我偶尔给妈妈发短信报平安，她劝我早点回来，说爸爸要和我断绝父女关系，我表示无所谓。

爸爸小学辍学，做了几年社会混混，拉帮结派，和几个兄弟拦路抢劫，被砍了一刀，差点送命，手腕留下一道疤，他嫌丑，跑去文身，妈妈是店里的学徒，给他文了个绿蝴蝶，张着大大的翅膀，仿佛要飞到远方。爸爸在一瞬间坠入爱河，死缠烂打把妈妈娶回家，发誓洗心革面重新做人。他托关系进押运公司，每天拿枪，运输钞票到各个银行。他经常吓唬我，给我老实点，小心我一枪崩了你。我的固执和暴躁都遗传自他。我无法让他满意，他希望我规规矩矩，考上中央音乐学院，光宗耀祖，我一心想成为作家，他却说作家是一群只会耍嘴皮子的穷光蛋。

爸爸的脸色沉下去，悲伤的气氛把我们围得严严实实。他抑郁了，而不仅仅是孤单，这两种状态就像溺水和游泳，无法相提并论。我曾以为我迟早得抑郁，谁料爸爸先行我一步，王阔说都是基因问题，早已注定，如同死亡和出生。我解开绳子，爸爸一言不发，平静地躺下，任由我把毯子盖到他身上，他离我们如此遥远，像在另一个时空。这是病，真正的病，不是什么心理困惑，医生给他开了诊断证明和药物。

"你们都出去吧。"他缓缓侧过身子，"我想自己待着。"

我让王阔和仙仙先出去，关门的瞬间，爸爸发出轻微的呜咽声，我得和他聊聊，虽然我不知道说什么。我们快半年没见了，上次见面是在我租的房子。他说想去看我，一个人去，弟弟给他买了高铁票，从石家庄到北京，一个半小时。他上车后，王阔给我打电话，让我去接他。我急忙请假，赶回家，把男人的东西收拾干净，打扫时才意识到，我和每个男人的恋爱时间超不过半年，来也匆匆，去也匆匆。爸爸在北京西站下车，我接到他，开车在北京转了转，一路上我们没有交流，他把车窗摇下，一动不动地望着街道。我知道他有话对我说，比如，我为什么不结婚，再生个孩子。但他没有问，我也沉默着。

"你最近有没有特别想做的事？"

他摇头，鼻梁周围一片浅棕色的斑，点缀在他黝黑的皮肤上。妈妈总说他像印度人，因为他眉骨高，眼窝深陷，鼻梁也挺拔。他年轻时算好看的男人，妈妈也是好看的女人，又都出身农民家庭，般配得无可挑剔。以前我们住在唐县，一片平房里的一小间，她总为他熬冬瓜玉米汤，满屋子香味。她喜欢穿红色波点裙，戴一顶渔夫帽，像画报上的时尚女郎。有人说她和明星相比毫不逊色，我以为她总有一天会去拍电影，王阔说他也这样想过，如果她还活着，他会拿出一笔钱送她去好莱坞。

我抓住他的手，想把他拉回现实世界，"跟我说说话吧。今天是我的生日，你还记得吗？"我说谎了，为试试他是否还记得。

"生日快乐。"他说。我的心下降得厉害，虽然是初夏，还是感到一股寒冷，从他周围缓缓扩散。

是妈妈的生日，我在心里说。

很长一段时间，我每天做相同的梦。妈妈穿着红裙子，在雪地里走来走去，雪花依然在飘落，蓬松柔软，落在手心也不融化。她的身躯十分高大，我只到她膝盖处，她跪下来，打量我，想把我抱起来。我总在她指尖碰到我皮肤的瞬间惊醒，眼前先是一片白，然后视力才渐渐恢复。王阔说她做过类似的梦，但梦里他和妈妈拥抱了。

2

两个月过去，正式进入盛夏，热空气使人昏昏欲睡，大多时间，我困倦地躺在床上，四肢乏力，什么都不想做。这段时间，仙仙查出已有一个多月的身孕，王阔兴奋得像个孩子，联系各种月子中心，做比较，商量去哪个。她决定等肚子大了再去，先在家养着，于是又给她请了一个保姆。我看着她欢呼雀跃的眼睛，跟着开心起来。爸爸也是，身体像泡在温泉里完全舒展，话也多起来，有时候能对仙仙唠叨一整天，叮嘱她饮食问题。这是个好兆头。有一次我带他去医院复查，医生认为坚持服药，很快就能痊愈，但我对此半信半疑。

我在王阔家住下了，方便照顾爸爸。本来不想这样，但仙仙强烈要求我留下来，她以为我能控制局面。我偶尔和她聊聊电影，才知道她学导演，不是表演。她说王阔会给她投资拍电影，让我做编剧，我满口答应，毕竟是做这一行的。每当别人问起我的职业，都觉得难以启齿，甚至不敢相信真的成了写字的人，实现了年轻时的梦。然而，我不想拿这件事给爸爸重重一击了，我的确想过让他颜面扫地。但年纪越大越发现，一切都没什么意义。

仙仙的肚子越来越大，偶尔有孕吐反应，她不再化妆，规律作息饮食，看上去成熟了许多，也许妈妈的身份可以改变一个人。王阔的越来越忙，一两个礼拜才回来一次。每次出门，仙仙都要哭，求他别走。王阔只能拜托我照顾好她和爸爸。

下午，我通常陪爸爸在院子里晒太阳，仙仙在屋里上网或自拍修图，一老一少两个护工在树荫下坐着，像一对母女。我喜欢这个院子，有归隐山林的舒适感，而后院杂乱无章，阴森森的。王阔在这里支了几张大床，我们躺在上边，阳光贴过来，初夏的风温柔恬静，树的影子跳来跳去。这种感觉真好，除了爸爸的病，一切都不用愁，也许真如医生所说，很快就能好起来。我扭头看向他，他躺在三个枕头上，闭着眼，脖子的肉挤到一起。我又看到那只绿蝴蝶，似乎随着皮肤的松弛淡化了，妈妈留下的痕迹越来越浅，这使我十分诧异。我挣扎了十八年，一开始，她的死压得我完全崩溃，后来我试着原谅自己，渐渐地，痛苦变成皮肤上的疤，偶尔疼一疼。爸爸肯定也是这样吧。

"我很少梦到她了。"有一次，他望着前方，喃喃自语，我还是听到了。

为了让他恢复得更快，我带他散步、钓鱼、打太极，他偶尔对我笑一笑，我竟有种此生无憾的感觉，想来大概是他总对我阴着脸的原因。但我们依然很少交流，他没什么话对我说，就算有也无法表达。妈妈死后，他把怒气迁到我身上，不停毒打我，把我赶出家门，警告我永远别回来，否则见一次揍一次。我跑到北京，待了差不多十年，回家的次数屈指可数，这足以稀释我们的亲情。我做过玩具工、打字员、KTV 公主、酒吧驻唱，最后攒了点钱，报了个电影编剧班，培训结束后在影视公司辗转。中途我只和王阔联系，他在石家庄读完大学，买房子，创业，混得风生水起。他劝我常回家看看，我回去了，爸爸没有愤怒，也没有喜悦，他老了，打不动我了，像一个软弱无能的老兵，喝酒喝得很凶，一醉就要讲妈妈年轻时的事，我看着他的白头发，心里说不清什么感觉。

我曾无比渴望他的认同，遗憾的是他从没满意过，后来我索性放弃，随波逐流，直至他觉得我无可救药。我们的关系就像一场拉锯战，拼了命想赢过对方，好证明谁对谁错。可世上的事没有绝对的对错之分，等我们明白时已经晚了。我又想到上次他去看我，到家后，他坐在沙发上叹气，弓着背，阳光落在周围，衬得他更加衰老。我给他倒水，他紧握杯子，最后轻轻放到桌上，一口没喝。坐了几分钟，他让我送他去车站，连午饭都没吃。事后王阔告诉我，回去后他哭了一场。

3

"我们开个宝宝庆祝会吧！"仙仙怀孕四个月时，王阔请假回家，要带我们出去玩儿一圈。

"去哪里？"

"就近，北戴河吧？"

王阔买了四张机票，下午三点起飞，本打算开车去，但仙仙和爸爸的身体不适合长时间颠簸。说走就走。我们收拾东西，开车到机场，领了登机牌。上飞机后，耳朵嗡嗡作响，眼睛却睁不开，我感到身体飘起来，在黑暗里游荡，然后我看到了橙子，他穿深蓝色海魂衫，头顶抹着发胶，周身一片明亮，冲我走来。我清楚这是梦，我告诉自己，醒醒，快醒醒。紧接着我睁开眼，昏暗的飞机舱十分安静，空姐推着饮料车穿过。我怎么会梦到他呢？实在匪夷所思。前段时间他去北京出差，在我租的房子见了一面，我其实是不想见的，但他执意要来。他在环保局上班，结了婚，有了孩子，肚子鼓起，摇滚范儿消失得无影无踪。我们非常缓慢地脱掉衣服，一起洗澡，想找寻年轻时的激情，躺到床上后却都没了兴致。没办法，身体在走下坡路，他感叹，让我看他儿子的照片，我笑笑，说对繁殖产物没兴趣。他不可思议地看着我，充满惋惜。我再次为他曾拒绝我的求婚而庆幸。

"还好吗？"空姐问我。

我点头。播报响了，提醒飞机即将降落，乘客做好准备。

爸爸正低头看报纸，我才发现他的眉毛已变成灰白色，绿蝴蝶突然有了生机，在他手腕处闪烁。仙仙趴在王阔肩头睡着，他们一脸疲倦。太累了对不对？我在心里想，漫长的人生就是一个无底洞，跌落的同时也在失去，我们都无法真正拥有什么。

北戴河的空气又湿又咸，我们租了栋小木屋，打开窗户能看到黄昏的海面，像撒了一层荧光粉，沙滩上没几个人，光着脚走来走去。王阔摸着仙仙隆起的肚子，问她想吃什么，要亲手做。

"什么都可以，亲爱的。"仙仙亲了他一口。

"海边有没有鱼？"爸爸突然问。

"什么？"

"海边有没有鱼，我想去钓鱼。"爸爸说，"我带了鱼竿和鱼饵。"

"大概是有。"我说，"可以海钓，你想出海吗？开一艘船去海里钓鱼。"

他摇头，"我想在陆地上。"

"有，"仙仙说，"有那种地方，掏点钱可以钓，钓到的鱼还可以在那儿的厨房做。"

"怎么样，想去吗？"王阔问。

爸爸点头，咧开嘴笑笑。总有人说我和他一个模样，都是小眼睛单眼皮，而王阔遗传了妈妈的美貌。

租了辆车，我们打算开车在海边转转，然后去度假村钓鱼。地势不平，路面倒是很干净，交警们套着橙色马甲站在路边，指挥行人，背后是一片深蓝色的海。我摇下车窗，看着落日缓慢坠落，周围厚重的云彩像是油漆刷上去的。

"还不错。"仙仙说，"以前北戴河是度假的好去处，这几年有些堕落。"

"毕竟好玩的地方越来越多，不能比。"王阔说。

爸爸坐在我旁边，抚摸手腕处的绿蝴蝶。当年，妈妈有个青梅竹马的男朋友，是乡村小学教师，爸爸不管不顾对她展开追求。他信誓旦旦，这辈子我只爱这个女人，其他兄弟唏嘘不已，认为他头脑发热。谁知他一追就是四年，每天站在门口等她，送她上班，不管天气多恶劣。终于，妈妈同意和他约会，但他必须找份正经工作。

我有时会想，如果妈妈没有死，爸爸是不是依然爱她，死亡让回忆变得珍贵，但实际生活琐碎枯燥，没几个人真正受得了。我闭上眼，湿漉漉的海风扑在脸上，体内升起一股奇异的力量。我总是不能相信我四十岁了，时间的重锤敲在身上，十分急迫。虽然他没说，但我知道他想让我结婚，再飞速要个孩子。我对这两件事充满质疑。我无法和男人建立长久的亲密关系，不是我厌烦对方，就是对方厌烦我。何况我不需要心理慰藉，生理方面也有许多解决途径。至于孩子，我能否成为合格的母亲是未知的，我不能放手一搏，更不能抱着侥幸态度，以致于悲剧代代相传。试想一下，我愿意生出我这样的孩子吗？答案是否定的。没有谁比我更厌恶自己。

找到一个度假村，里面有一片深水湖，湖里是专门养殖的鱼。天色有些暗了，湖边的人提着钓上的鱼，陆陆续续离开。我们掏了钱，坐在湖边，看爸爸拿出鱼竿，放上鱼饵，甩进湖里。湖的尽头是葱郁的树林，上空有一只蝴蝶风筝。太阳还没完全落下去，隐隐的月亮影子爬上来，挂在暗蓝色的边缘。他坐得笔直，湖面平静忧郁，没有鱼上钩。

"我们的宝宝叫什么名字？"仙仙问。

"我还没想好。"王阔说，"这得好好想想。"

"姐，你帮我们取吧。"仙仙拍拍我的肩膀，笑嘻嘻地说。

"我也得想想。"我说。

"我也会帮忙想想。"爸爸回过头说。

"好啊,谢谢爸爸。"仙仙说。

湖面动了一下,一条鱼上钩了,爸爸抓着鱼竿,使劲往上挑,但它最终还是跑掉了,鱼饵被吃得干干净净。"太狡猾了。"爸爸说。

"这种地方的鱼就这样。"王阔说。

仿佛在一瞬间,天完全暗了,湖面恢复平静,底部黑黝黝的,什么都看不到。远处的灯火亮起来,像跌落的星星。仙仙被风吹得冷,王阔便陪她去大厅休息,整个岸边只剩我和爸爸两个人。

"我喜欢小孩。"爸爸说。

"小孩子是美好的,同时也是危险的。"我说。

他说:"几乎所有的事物都是这样,都有对立的一面。你不能因为不好的一面忽略好的一面。"他的声音变得急促:"不能太极端。"

"我知道,我只是说要学会权衡利弊,选择利大于弊的那一种。"我说,"我认为生孩子是弊大于利的。"

他叹了口气。

我曾怀过一个孩子,在我还没感受到她的存在时,就被医生取走了。那时我和橙子的感情出了问题,晚上,我在浴室洗澡,想着如何把这件事告诉他。不知道对我们来说,怀孕是惊喜还是噩耗,唯一清楚的是我们都不怎么喜欢小孩。裹着浴巾出来时,他正和另一个女孩在沙发上接吻,衣服脱了一半,他看看我,并没有停下,我突然就释然了,什么都没说,穿好衣服收拾东西离开。外面下着大雪,路灯的影子拉得很长,我在小区旁边的山上待了一晚,差点冻死。清晨,我拉着行李箱,在医院门口坐着，看着来来往往上班的人，突然有些想家，便给妈妈打了一个电话，告诉她我要回去。地面的雪冻得很硬，我跺着脚，听她哽咽的声音，她说，今天就回来吧，坐客车到唐县，我让你爸爸接你。爸爸的声音模糊不清，但能感觉到他的怒气，我的心又揪起来。

打完电话，我走进医院做了人流，并不怎么痛，但是很凉，我望着天花板，使劲分开双腿，希望自己晕过去。完事后，医生给我一杯热水，叮嘱我好好休息。外面太冷了，雪依然下着，呼啸的北风割过我的脸。我到客运站，买了一张回唐县的车票，几乎站不稳，这时才感到疼痛，有东西从我下体不断流出，但我没有力气处理，只好上车，找个位置坐下。司机说下午三点发车，让我先去吃午饭，我摇头，问他什么时候到，他说这种天气谁也不确定。

车内开着空调，玻璃表层氤氲着雾气，我拿袖子擦干净，瞥到窗外白茫茫的大雪，右眼不安地跳起来。我渐渐睡着，先是梦到有人在用刀子刺我，又看到唐县的平房，屋顶上空一只绿蝴蝶飘来飘去，最后变成绿色的烟，我伸手，想握住，却摸到一团硬东西。虽然不知道是什么，还是觉得恐惧。醒来时竟然晚上八点，足足开了五个小时，白色颗粒包住这座小城，也压住我的心脏。

"其实我没有抑郁症，对不对，我这种人怎么会得抑郁症呢，不是所有想死的人都有抑郁症。"爸爸说。我抬头，发现月亮变成了红色，和那晚一模一样。蝴蝶风筝不知飘到了哪里。

"医生说你很快就能恢复。"

"恢复？"爸爸笑了笑，握紧手里的鱼竿，"你觉得我真的能恢复吗？"

"当然。"我说，"几乎所有的病都能治好。"

"在经历过那样的事情之后？"他把鱼竿提起，又放了一块诱饵。

一阵风吹来，我想起以前看过的一句话：海水的成分类似人的泪水。我低头，踩脚下的泥土。依然没有鱼上钩，湖面像是凝固成一块黑色的琥珀，月亮的倒影安静地倾泻。在经历过那样的事情之后？我在心里默念这句话。

那晚，妈妈不见了，她是去接我的路上出事的，因为爸爸不肯去。她在树林里躺了一夜，第二天找到时，光秃秃的身体已经冻硬，她的手紧紧攥着，掰开后看到一条项链，很久之前爸爸送她的礼物。警察说要严惩凶手，然而到现在也没查出，有人说是路过的生意人起了歹心，有人说是县城的流浪汉干的。爸爸无法接受，把一切归咎为我的责任，所以我离开唐县，去了北京，不愿意回来。直到王阔在石家庄买了房子，把爸爸接过去，才与过去渐渐分离。

"我不能再振作起来了。"爸爸说，"我也不想振作了，太辛苦了。"

"我知道。"我点头，坐得离他近一点，握住他的手，抚摸他的绿蝴蝶，他砂纸一样的皮肤很凉。

"我年轻时一直希望你有所作为，因为你和我最像，王阔就不一样，他有你妈妈乐观的那部分。"

"我想要的很简单。"

"我知道。"他拍拍我的手背，"我很久之前就知道了，但我一直没告诉你。"在黑暗中我们看不清彼此脸上的表情，"很多事情不用揪出谁对谁错，对不对？或许每个人都有错。"

"对。"我说，感觉全身的汗毛立起来。我有点想流泪。

鱼竿狠狠动了一下，我松开爸爸的手，看他把一条鱼提上来，甩到桶里。桶里没水，鱼来回蹦跶，嘴一张一合。对面的树林影影绰绰，随着风的节奏来回摆动，发出簌簌声响。湖面震动起来。

"好一条大肥鱼。"爸爸说，"怎么能长这么大呢？"

"还钓吗？"

"不了。"爸爸摇头，"仙仙他们应该饿了。我们去吃晚饭吧。"

饭店的灯火透过窗射出来，地面变成暖黄色，院子里停满了车，几个年轻人坐在车顶喝啤酒，其中一个女孩弯腰呕吐。我们沿着石子小路走到大厅，全是高声交谈的人。王阔和仙仙坐在沙发上，冲我们挥手。我们走过去，展示桶里的成果。

"吃酸菜鱼。"仙仙说，"我一直想吃酸菜。"

"酸儿辣女。"我说。

"我还是喜欢女儿。"她摸摸肚子。

王阔把鱼送到厨房，"排队的太多，厨师忙不过来，我们还得等一会儿。"然后我们重新坐下，穿过玻璃门望着外面。院子里的照明灯是葡萄状的，有紫色有绿色，一圈圈光影在周围晃动。音乐突然响起来了，一首躁动的英文歌，外面的人们很快聚集在一起，排成不规则形状，摇晃身体。

"音乐节？"

"也许是搞的什么活动。"爸爸说着，站起来，朝外面走去。我们跟在他身后。他推开门，顺着台阶走到人群旁。他观望了一会儿，队伍里大多是中年人，难以想象他们会在院子里蹦迪，那几个喝酒的小年轻搂作一团，互相抚摸身体，其中一个脱掉衣服，露出深紫色的胸罩。爸爸突然发出尖厉的一声吼，跟着他们跳起舞来，颤抖的膝盖仿佛用尽所有力气。我看着他滑稽的舞步，有种预感，他很快就能好起来。

这时，远处的天突然被焰火照亮，跌落的瞬间又暗下去，不知哪里放的，类似节日的氛围在周围扩散。人们抬头，发出震耳欲聋的赞叹声和鼓掌声，并没有停止脚步。我很久没看过这样热闹的场面和清澈的夜空了，阵阵海风吹来，衣服紧紧贴在身上，感觉像是下过雨，走了很远的路。我回头，仙仙和王阔依偎在一起，烟花绽放的瞬间，脸上的表情平静又安详。我知道他们在幸福着，在这个城市，这个夜晚，一切都显得不那么重要。

飘浮

刚走出汽车站，她的左眼皮跳个不停，"左眼跳财，右眼跳灾"与"左凶右吉"两种说法，不知该相信哪一个。算了，无所谓，她很快打断思路，左手轻轻按压眼眶，右手紧紧攥着行李箱。

　　外面没有阳光，或许是雾霾的原因，连远离重工业的县城都不能幸免于难。天空灰扑扑的，空气里飘浮着肉眼可见的尘埃。她踩在水泥地上，用力呼吸，身体像处在密不透风的玻璃罩，炎热，沉闷，腥臭。她开始后悔，这里依然是不该回来的地方。她想着，脚踝的阵痛蔓延到膝盖。她害怕下一秒会晕倒在地。

　　现在是中午，温度上升很快，她身上冒出细密的汗，仿佛无数小虫子在蠕动。于是把外套脱掉，用一只手抱在怀里。对面，有个木柱和尼龙布支起的简易棚，布上落满灰尘，棚边放着一张桌子，桌上堆着两个筐，装着方形吊炉烧饼。桌前有块木板，两个蓝色大字贴在上面，"碗肉"，是她家乡特有的食物，用羊肉熬出来的汤，加点羊杂，浸入整张玉米面薄饼。自从五年前离开这里，她再也没吃过。

她饿极了。这个县城没通火车，毕竟是国家级贫困县，只能从上海坐火车到市里，再从市里坐客车回来。羊肉香气飘进她鼻子里，她走进棚，一男一女围着一口大锅，锅里咕嘟咕嘟煮着羊肉，红色的辣椒油覆在黑乎乎的羊肚上，刺激着她的食欲。她记得小时候，大概是六七岁，临近春节，母亲带她来县城置备年货，印象中街边全是这种碗肉摊，摊前会挂一只羊头，鲜血淋淋，她问母亲那是真的还是假的，母亲说真的，从活羊身上砍下的，母亲问她吃不吃，她恐惧地摇头。直到后来，她来县城读高中，才第一次吃到，味道鲜美刺激，至今难忘。

"吃什么？"女人迎出来问。

"一碗碗肉，辣的，再要一个烧饼。"她本想说家乡话，但从嘴边吐出的还是普通话，加点南方口音的普通话，像一个实实在在的外地人。

她走进去，竟然一个顾客都没有，男人一动不动坐在锅旁，背对她，没有朝她看一眼。她心里嘀咕，这样懒散，难怪没生意。她挑出最干净的桌子，用餐巾纸仔细擦拭凳子，小心坐下。她盯着棚外的行人，想着什么时候给舅舅打电话。

"南方来的？"女人把碗肉和烧饼放到她面前，用生涩的普通话问。

她点头，没说话，拿起筷子，夹起一块羊肚送进嘴里，她太饿了，这种饥饿感伴随说不出的疼痛，每嚼一次就加剧一点。突然又咬到舌头，尖锐的血腥味充满整个口腔，她倒吸一口凉气，锁紧眉头。

"你一个人？"女人又问。

"是。"她不情愿地抬起头，发现是个非常年轻的女人，或许用女孩更准确，脸黑黑的，又瘦又小，她的眼神亮得像两个手电筒，透出天真的底色。

"啊，好棒！南方好玩儿吗？"

她咬一口烧饼，烦躁下去一半，"好玩，比这里好玩。"

"我也好想出去走走，我长这么大去过最远的地方是市里。"

"你多大？"

"十六。"

她点头。十六岁的时候，她还在县城读高中。这个县城依山而建，她家在半山腰的村子里，每次回家，要挤在狭小的汽车里，顺着蜿蜒盘旋的山路，摇摇晃晃回家，像在坐船。她晕车厉害，身体难受，不到万不得已绝不回去，母亲似乎很少想她。也难怪，母亲身边不缺人，有的是陪伴。她从来不是一个甘愿寂寞的人。

"你能带我走吗？我跟你去南方，你捎我一程。"女孩回头看身后的男人，压低声音。男人始终不把头转过来，她猜不到他们什么关系。

她笑笑，没有回答，专心吃着碗肉，肚子渐渐被填满，心情终于变平静。她听着这些话，想到自己漫长的青春期，那段时间，她曾对母亲以外的任何人都抱有幻想，她无所畏惧，愿意跟随便一个人头也不回地走掉。母亲骂她"精神病"，她回击母亲"公交车"，不过现在好了，人一死，一切都一笔勾销。

"我攒的钱够车票了应该。"女孩又补充道。

她抬起头打量女孩，"你不上学吗？小姑娘。"

"我不是上学的料，我想离开这，去大城市。"女孩信誓旦旦。

她觉得好笑，"你想去哪个大城市？"

"上海或者深圳吧，我喜欢南方。具体我还没想好。你在哪个城市？"

"上海。"

"那我也去上海，我喜欢上海，纸醉金迷。"

她又笑了，对她来说，上海可不是纸醉金迷，她只能满足温饱，房租扣去工资一大半，化妆品的钱都要咬牙省。她问女孩："到了那里做什么工作？"

"打工吧，还没想好。我只是不想再待在这儿。"女孩垂头丧气。

她把碗里的汤喝干净，拿餐巾纸擦擦嘴巴，身上又起了一层热汗。"好吧，我带你走。"这次不止是腿，她感到头开始痛，"如果我能走掉的话。"这种疼痛非常真实。

"你是来旅游还是走亲戚？"

"走亲戚，不知道什么时候能回去。"她从包里掏出零钱，数数，递给女孩。

"没事，我等你，你总要回来汽车站，我天天在这。"

"好。"她走出棚，并不在意刚才的决定。女孩子最善变，尤其是十六岁的女孩，今天她想跟你走，明天也许会懒得起床。

"一定要来接我啊。"女孩小声喊。

她冲女孩挥挥手，走出很远又回头看，她还站在棚外望着她。

多好的年纪，她想，没有阴影的十六岁是多么幸运。她从来就不是一个幸运的人。还好时光不会倒流，她宁可自杀也不愿回到以前的生活，不愿给过去任何机会。突然，她意识到她的记忆变得格外清晰，而且有越来越清晰的趋势。真是一件可怕的事，她想，噩梦，一切都是噩梦，不存在，不真实。头痛，还是痛得厉害。

　　她走进汽车站，买了回家的车票，八块钱，比过去涨了三块。还有半小时发车，人们已在门口排队等着，大声交流，熙熙攘攘。她发现，县城人民喜欢穿色彩鲜艳的衣服，花花绿绿，仿佛宣告对生活的不屑一顾，而她现在只穿黑白灰，一隐就湮没在人群里。算起来，从大学到现在，她只在家短暂待过一年，外面的世界悄无声息改变了她。这样真好，她想，她在脱胎换骨，直至完全抛弃过去的烙印，抵达崭新的自己。

　　她上车，坐在靠窗位置，盯着外面。她把玻璃扇推开，一颗小沙粒吹到眼睛里，眼泪突然流下来，疼，但她不敢揉眼睛，因为戴着隐形眼镜，只好眨几下，再闭上。她的头疼得无法忍受，胳膊、肚子，也开始疼起来，这种疼非常剧烈。她想抽烟来缓解疼痛，但又一想，抽烟的女人在县城不受尊重，还是作罢。心理作用，她告诉自己，疼痛是心理作用，要镇静，回家没什么大不了，办完事就立刻回上海。

　　她拿出手机，给舅舅打电话，一直是正在通话中。她突然有些生气，明知她今天回来，还要接连不断给别人打电话。她知道舅舅不喜欢她，某个算命先生说过她命硬，注定要克死亲人，结果她父亲在她八岁时触电身亡，迷信的舅舅把这归咎为她的责任。"如果不是她命硬，张锁怎么会死？干吗留着这个拖油瓶？送走吧，再找个好人家嫁了。"舅舅这样劝母亲。但母亲还是把她留在身边。但她清楚母亲的目的——她是她不再嫁人的挡箭牌。嫁人是件不划算的事，母亲早就看透，所以她不找丈夫，只找男人。有一次母亲喝醉酒，哭着对她说，你觉得我应该找个丈夫继续折磨自己？我可没那么傻，要什么名声，我要的是快乐，人可就一辈子。

　　丈夫，她的丈夫是她的父亲，她记得父亲的脸，左鼻翼上有一块突起，是与母亲打架留下的疤痕。他总阴着脸，要么喝酒要么打麻将。高兴的时候，比如赢钱，会把她搂在怀里喊"我的小闺女"，喷出的口气全是酒精味，熏得她眼睛疼。不高兴时就拿酒瓶拍母亲的脑袋，她听过母亲的尖叫声，见过母亲淌着血的长发，湿漉漉的，像刚从地狱爬出的女鬼。每次他们打架，她会躲进柜子里瑟瑟发抖，她害怕母亲真的变成女鬼，也害怕自己像母亲那样挨打。

"你是怡珊？"她耳边响起男人的声音，家乡话。她抬头，看到一个中年男人，瘦，脏，额头上有块红色血痂，目光凶狠。

她的眼前出现一堆星星，大脑禁区清晰投射出男人的脸。记忆被唤醒，她头晕得厉害，身体轻飘飘的，快要脱离安全带。十六岁，十六岁是个黑洞，巨大的悲伤的黑洞，她身上起了一层鸡皮疙瘩，面颊抽搐起来。但她很就平定心情，掐着自己的手心，用普通话冷冷地说："不是。"

男人依然死死盯着她，她把脸转向窗边。"怎么可能不是，你和你妈长得一模一样。"

"你认错人了。"她没有把脸转过来，却出了一层冷汗。她觉得愤怒，呼吸不再通畅，鼻腔周围附满疼痛。她希望手里能有把斧头，狠狠地，把他砍死或砸碎窗玻璃逃脱。

"我不可能认错。"男人的声音像一双肮脏的手，用力朝她扑来，她的心突突跳着，一团热气堵在喉咙。

"离我远点。"她转过脸，狠狠盯着他，尽力保持镇静。

男人笑了，笑容意味深长，然后看看车里的乘客，俯下身贴近她的耳朵，"你可比你妈嫩多了，我怎么可能忘。"

"滚！"她声音颤抖，肩膀也抖得厉害，拼命抑制住想哭的冲动。虽然她现在二十九岁，但此刻的无助感和十六岁相比有增无减。刚开始，她经常做同一个噩梦，梦里男人的长相随着时间模糊，唯一不变的是一件黑色斗篷，她认得那件斗篷，奇黑无比，抓住她，进入她，殴打她，让她痛不欲生。随着年龄的增长，她做梦的次数越来越少，本以为这件事已从她生命中淡去，可以重新生活，直到刚才——这种感觉猛烈袭来，像在梦里又死去一遍。她真的想死掉。

男人在她身边坐下，吃吃笑着。她小声哭出来，想离他远一点。车里很安静，能听到她的啜泣声。一分钟后，她身后的小男孩也大哭起来。乘客齐刷刷冲向这边，依旧没人说话。

疼，身体越来越疼，心脏也开始疼了，她攥紧拳头。"滚。""离我远点。""别碰我。""救命。"十六岁的呼喊贯穿她的大脑，她眼前浮现出当年那个弱小无力的自己，满脸眼泪，在邪恶的身体下想着赶快死掉。为什么偏偏是她，她到底做错了什么？

司机走过来，问怎么了，如果没事就发车了。她说："救救我。"说完，她全身剧烈地颤抖，像被刀子划开一样疼。"救救我。"她开始说方言，抽搐着，眼泪迷得睁不开眼。

"怎么了？"司机问。

背后的小男孩停止哭泣，男孩的妈妈说："没事没事，小孩子老闹，发车吧，没事。"她从混乱回到现实，用拳头敲击自己的额头，告诉自己没什么过不去，绝对不会再发生那样的事，错的是别人，没必要惩罚自己。然后从包里抽出纸把眼泪鼻涕擦干净。"没事，我要下车。"她恢复普通话，看着司机，但司机并没有看向她。

男人站起来给她让路，她也站起来，经过他身边时，在他耳边小声说："你迟早下地狱。"如果可以，她真想亲手了结他，但她不想因为这样的人毁掉自己的人生。

"呵呵，精神病！"男人在她身后小声嘟囔。

精神病，男人骂她精神病，母亲也骂她精神病，也许自己真是个精神病。汽车在她眼里绝尘而去，她依然感觉男人的眼睛在盯着她。她又哭了一会儿，捏捏疼痛的胳膊和腿，怎么这样疼，像被人肢解。她走不动了。

头痛欲裂，记忆却丝毫没有减退，真神奇。她重新记起母亲的秘密，那双合上电闸的手，那双拿着枕头的手，都是同一双漂亮的手。她也记得母亲的每一任男朋友。一些事情永远都不会改变，包括十六岁那年，她身体里的某些东西被撕裂。

不想坐汽车回去了，她怕再碰到能认出她的人。全身的疼痛越来越明显，她怀疑是水土不服的原因，长久待在南方，身体早已不适应北方。现在她只想找个地方休息，于是慢悠悠走出汽车站，不知不觉又来到简易棚，这里还是没客人，女孩孤零零站在里面，男人不见了。

"你怎么又回来了？"女孩看到她，很兴奋，跳着跑出来。

"我身体难受，没法坐车了。"她感觉自己站不稳，一阵风吹过，快要把她吹到天上去。

"你要去哪，我可以骑电动三轮车送你。"女孩扶着她坐下。

村子的名字从嘴里蹦出来，她觉得怪怪的。

"不远，我知道怎么走，休息一会儿我就送你去。"

她看表，下午四点，奇怪，时间走得真快，从汽车站到简易棚她走了整整两个小时，她不知道这是怎么回事。是幻觉吗，还是她脑子糊涂了？"那你能回来吗？估计就很晚了。"

"没事，那个村子我有亲戚，我可以住亲戚家。不过，你竟然在那个村子也有亲戚，你知道吗，前天那里发生一件惨事，死了一男一女，骑摩托车撞死的，那个女人好像是小姐。"女孩睁大眼睛，看看四周。

她没接话，母亲的死亡被陌生人不痛不痒说出来，她还是为这种感觉惊讶。她至今不知道母亲和哪个男朋友一起死的，是第十个还是第十一个？她经常比较母亲的男朋友们，猜测她最爱哪一个，她猜不到，唯一确定的是母亲不爱父亲，也许爱过，只是后来被时光磨干净了。母亲深知婚姻的本质不如表面美好，在某些方面，母亲是聪明人，至少比她聪明。

"太不幸了。"女孩又说。

"是啊，"她点点头，"太不幸了。"

女孩不知从哪里找来一辆电动三轮，她坐在后边，女孩在前边驾驶。风很大，她不得不紧紧抓着扶手，以免被即将吹走的恐惧侵蚀。她的身体不再疼了，只是觉得冷，平静的麻木的冷。三轮车飞快穿过县城的街道，路上的行人很少，看上去飘忽不定，像失控的电视频道。

路过"金泰会所"，县城最豪华的娱乐场所，也是母亲上班的地方。高中时，她一个人溜达到这里，看到母亲，被一个油光满面的胖男人搂在怀里，母亲的脸很白，笑得很开心——像是真正的开心。那个男人是母亲第七个带回家的男人，还给她买过一大盒巧克力，她没有吃，放在阳台上，被阳光照成一滩苦水，她长久看着，联想到母亲，被男人融化的母亲，会不会终有一天溺死。果然应验了，她最终还是死在男人手里。

"你结婚了吗？"女孩问她。

"没有。"

"那你有男朋友吗？"

"没有。"她摇摇头，沉默片刻，接着说，"我对男人没兴趣。"

"什么？"女孩突然刹车。

"我不喜欢男人，不能和男人恋爱。"

女孩回头，睁大眼睛望着她，"什么意思呀？不喜欢所有男人？"

她点头，"我喜欢女人。"她没想到自己可以如此平静地说出这个秘密，而且是说给陌生人。这个曾差点让她死掉的秘密。

"啊！"女孩惊呼，"好酷，我第一次见到真人同性恋。"

十六岁那天下午发生的事，她从来没告诉过母亲。她知道母亲不爱她，宁可相信男人，也不相信自己。何况男人说，如果她把那件事说出去，他就把她和母亲都杀掉，砍成碎片包饺子吃。于是她选择忍耐。男人每一次来，她都尽量逃出去，这样的日子直到母亲和男人分手才结束，还好她没怀孕。但从那个时候起，她对男人充满恐惧，她没有任何异性朋友，这又成为母亲不爱她的一个理由。

她出去读大学，偷偷谈了一个女朋友，是和她同宿舍的女生。她们晚上躺在一起睡觉，女朋友抱着她，让她觉得心安又舒服。她们接吻，互摸身体，在每个夜晚四目相对。那是她最快乐的日子，她觉得好生活正在赶来，幸福突然降临在她身上。"我会永远爱你，永远和你在一起。"女朋友总这样说。

直到毕业，她回家，母亲发现她的秘密，惊得把手里的化妆品摔在地上。母亲先是劝她，逼迫她和男人相亲，但她见到男人连话都说不出来。母亲打她耳光，揪她头发，用烟蒂烫她的脸，骂她"精神病"。她一开始觉得抱歉，后来这种歉意被母亲一点点磨灭，反而更加坚定自己的内心，她冷笑道："还不是你偷男人偷太多，报应在我头上？我这辈子只会喜欢女人。"

"你是我生的，我一定要治好你！"母亲并不死心，带她去医院看心理医生，她不去，母亲直接把她绑到精神病医院，把钱甩到桌子上，嘱咐医生，看住她，别让她跑掉。在精神病医院待了一年多，医生对她心理辅导、电击、做康复训练，她都没反应。没办法，母亲又把她接出来，对她心灰意冷。

"我不再管你，我把你养这么大也算对得起你，对得起你爸，以后你爱怎么样就怎么样吧。"母亲一边抽烟一边说，那一刻，在阳光下，她第一次发现母亲脸上的皱纹。她又看母亲的手，还是像以前一样好看，又细又长，有人说过这是钢琴家的手。她就用这双手，杀掉以前的生活，开始她想要的人生。母亲是勇敢的，不像她那样懦弱，她只会把一切藏在心里，等着时间抚平。所以她和母亲，注定谁也不能理解谁。

"你知道吗？"她看着母亲，"精神病院的医生在晚上会强奸女患者。"

"他们对你做什么了吗？"

她转过身，咬着下唇，说："没有。"

后来她去了上海。走的那天母亲没有送她，一大早就不见人影。她不觉得失望，一个人坐车到县里，再到市里，再坐火车到上海。她离家乡越来越远，一走就是五年。她没给母亲打过多少电话，也没问过她好不好。她与家乡的一切渐渐断开，一点也不难过，反正无论如何都不会再回去生活。直到前天接到舅舅的电话，母亲死了，让她赶快回来送葬。

那天晚上她又做了那个噩梦，被男人抓住，撕掉衣服。在梦里母亲出现了，依旧是年轻时候的脸，冷眼旁观这一切。醒来，她大哭一场，无法言说的情绪浸满她的身体，有什么东西离她越来越远，她感到心里阵阵空虚。

"你确定什么时候走了吗？"女孩问。

"还没。"她摇头。

"不管你去哪里，一定要带我走，我想离开这里。我都在这里好几百年了，依然走不出去。"

"好。"她被她的话逗笑了，好几百年，是够漫长的。

"那你有女朋友吗？"女孩问。

"没有。"她说，"大学的女友挡不住家里的压力，嫁人了，已经是两个孩子的妈妈。"

"哦，"女孩点头，"不幸。"

"是啊，不幸。"

三轮车开出城外，行驶在狭窄的土路上，田野里杂草丛生，形状宛如某种字符。远处有几个小土堆，是年代久远的坟墓。风越来越大，天色也暗下去，她看表，六点钟，天，她心想，两个小时又过去了，怎么时间这样快。她用一只手敲敲腿，不疼，什么感觉都没有，像是别人的腿。她觉得自己在做梦，时间空间，都变得很虚无。她们都不再说话。

到了村口，她下车，女孩再次叮嘱一定要来接她，然后就消失在小路尽头。她拿起手机，给舅舅打电话，这次是暂时无法接通。该死的，她在心里咒骂。只能自己回家了。这个村子其实没什么变化，路还是不平，树依然茂盛。旁边还有一个池塘，水面平静，荷叶浮在上面，像一张床。她定睛一看，上面似乎真的躺着一个人，她揉揉眼，人又消失了。拍拍额头，她告诉自己要清醒一点。回家的路她还记得，先穿过一条比较宽的路，左拐进一个小胡同，再右拐，再左拐，再右拐，走到第三间就是。这一路上她只见到一个人，脸色苍白，面无表情从她身边走过。其他人不知道去了哪里，整个村子空荡荡的，这样也好，免得碰到熟人。

门没锁，她推开门走进去，并没有所谓的葬礼，院子里一个人都没有，难道是在舅舅家送葬的？她疑惑地想为何不锁门，是不是来过小偷。她走进屋，客厅很脏，碎掉的碗，剩饭，扔在地上，她走进卧室，衣服遍地都是，像是抢劫现场，母亲正坐在床上抽烟。她有一种被戏要的感觉。该死的舅舅，她在心里骂，为何要撒谎骗她回来。

母亲看到她，很吃惊，拿掉嘴里的烟，问："你怎么在这里？"声音遥远破碎。

"舅舅把我骗回来的。"

"什么？"母亲脸上的表情很惊恐。

"舅舅想让我回来，就骗我说你死了，真是会编理由啊。"

"他没有骗你，是真的！"母亲尖叫。

"你当我瞎了吗？你活得比谁都好。"她冷笑。

"你走吧！"母亲唰地站起来，不知怎么一下子就跑到她身边，推搡着她，"你赶紧走，你赶紧回去。"

她被母亲弄得摸不到头脑，"什么？你干吗赶我走？"

"你赶紧回去啊！"母亲快要哭出来。

她开始生气，这样辛苦跑一趟，还没歇一会儿就被赶走。她倒是想走，但是她太累了，身上一点力气都没了，只想躺在床上好好睡一觉。"我歇一会儿，喝口水再走。"她甩开母亲的手。

"不行，你赶紧走！应该还来得及。"

"不用你操心。"她故意离母亲远远的。

母亲继续盯着她看，惊恐转为诧异，诧异转为绝望，最后回归平静，"好吧好吧。"她摇头，"回来吧，陪着我也好，我一个人好孤单啊。"

"不是。"她说，"我一会儿就走，我不会一直待在这里。"

"你走不了的。"母亲说。

"呵。"她笑了笑，观察母亲的脸，她没什么变化，看着不像中年妇女。她心里计算母亲的年龄，应该是五十岁。"你男朋友呢？"她问。

"不知道。"母亲摇摇头，"他刚才还在我身边的。"

她们一同坐在床上，看看表，八点钟，但是外边的天还亮着，甚至比刚才还亮，原来是太阳出来了，整个屋子亮得可怕。她有点难受，往阴凉处挪了挪，胸口一阵闷，有什么东西要涌出来。

"你过得好吗？"母亲问。

"好。"

"有女朋友了吗？"

"还没。"

"这几年我想开了。"母亲说，"喜欢男人和女人无所谓，你只要活得好就行。"

"是。"她慢吞吞地说，"你早点想开多好，我就不用受罪。"

"是我对不起你。"母亲盯着她。

"不在乎了，单身也很好，自由自在。"

"不是说这个，我是说以前。"

"什么？"她抬头看着母亲。

"我知道有个男人伤害过你。"

她沉下脸。

"我什么都知道，但我什么都没有做，对不起。"

她低下头，"你从来都没有爱过我对不对？"

"爱过吧。不然我也不会把你留在身边。"

"你撒谎。"

"我为何要骗你？哪个母亲不爱自己的孩子？"

"不，你没爱过我。"她边说边控制自己的语气，"我什么都知道。"

"你知道什么？你什么都不知道。"

"你把我留在身边是因为你不想结婚！我清楚你怎么想的，有一次你差点杀掉我！"她冲母亲吼，不小心哭出来。

母亲的脸也变得冰冷。

"别以为我不知道，爸爸就是你杀掉的，你也想杀掉我，因为你觉得我们毁掉了你的人生！"控制不住的情绪不停从她身体里溢出来。她不敢面对，但她说了出来。父亲死的那天，她们都在家，暴雨过后，有一根电线从房梁掉下来。父亲刚喝过酒，和母亲发生争吵，打了母亲几个耳光。然后把电闸闭合，爬上梯子修电线。父亲手搓外露的金属线，一边搓一边骂母亲是个婊子。母亲悄悄走到屋里，把电闸一拉，父亲就像一根冰棍从梯子上掉下来。她看到母亲那双手，修长白皙，微微颤抖。

"随便你怎么说，我不在乎。我已经死了，我什么都不怕了。"

"别想逃避！"她闭着眼，眼泪像洪水。她曾幻想过母亲爱她，但每次都失望。她记得母亲不回来的夜晚，也记得母亲看男人的温柔眼神。那才是爱吧，她把所有爱都倾注在男人身上，她是个好情人，却是个糟糕的母亲。

"你是不是也想杀掉我？因为我喜欢女人？我知道，你肯定是想杀掉我。"她永远无法忘记那个夜晚，母亲轻手轻脚走到她床前，拿着一个枕头。月光落在屋子里，她眯着眼睛，心脏突突跳动。母亲靠近她，举起枕头。她想着什么时候醒来，把母亲摁到床上。但母亲停止动作，又悄悄离去。第二天，就把她送到精神病医院治疗。她一直好奇那天晚上母亲在想什么，为什么会手下留情。

"我没有。"

"你别不承认，那晚我没睡着。"

"我要是想杀你，你还能活到二十九岁？你太高估你自己了。"

"呵，我不想再说这个话题。"她擦擦眼泪，"你知道我受的伤害，你为何不和他分手？"

"我不能。"母亲用近乎哀求的眼神望着她，"你知道的，我不能。"

"好吧。"

"我们需要钱。我也需要爱，没有爱我就会死。你知道的，你爸爸毁了我，也毁了你，一切都是他的错。我杀了他，我杀了他，杀了他我们都解脱了。"

"随便你怎么说吧，我累了。"她不想再多说一句，"我现在就走，我要回上海。"

"你走不了。你会一直在这个县城。"

"什么？"她冷笑道，"你还想困住我吗？五年前你困不住，现在你更做不到。"

"因为你也死了。"

"是的，我死了，我十六岁的时候就死了，是你亲手杀了我！"

"不是。"母亲的脸扭成一团，"你真的死了，我也真的死了。我马上就要下葬。你进门的瞬间我就知道你也死了，回不去了。"

她错愕地看着母亲，又看看自己的身体，"你在胡言乱语什么？"

"你死在哪里，就会留在哪里。"母亲说，"你现在是不是觉得非常空虚，一种感受不到任何东西的空虚？"

是的，她感觉不到自己的身体。捏胳膊敲腿，她都感受不到。她只觉得自己像一阵空荡荡的风，或者一扇静默的门。

"没事的。"母亲说，"伤害过你的男人也死了，和我一起死的，我们骑着摩托撞在电线杆上。死后好久我才知道我死了。我看到他们围着我的尸体指指点点。"

她想到公交车上的男人，哭泣的男孩，走过来的司机。她闭上眼，努力回想发生的一切。她只记得她从上海到市里，在回家的客车上听音乐。她不敢相信，真的死了吗？一开始的疼痛是死去的征兆？那小女孩又是怎么回事？她突然记起小女孩说她已在这里待了好几百年，不由得心里一紧。

"接受自己的死亡不容易。不过有时候想，这也算人生的重新开始。"母亲说，"你能看到的全是死去的鬼魂。"

她拼命敲打自己的头，想获得疼痛感，但什么都没有。"我不相信。"她恶狠狠地对母亲说，"是你的人生结束了，而我的才刚刚开始。我要走，我要回上海，我还要上班。"

说完，她的身体一激灵，被甩到空中，阳光刺得她千疮百孔。她睁大眼睛，想阻止这一切，却离地面越来越远，母亲的身影逐渐缩小，最终完全看不见。她飘过街道，飘过田野，飘过树林，飘过县城的高楼，最终停在高速路。她看到路边静止的救护车、喧闹的人群，还有变形的护栏、破裂的大客车。七八具尸体躺在担架上，她凑近看，自己的身体躺在中间，浑身是血，表情痛苦。她旁边是神情冷漠的舅舅，他在和人交谈，打着手势，听不清在说什么。

这时，她才感到整个世界离她好远，是毫无感应的模糊又清晰的远。她的周围是满满当当的虚无，听不到任何声音。白茫茫的。她突然有点想笑，这他妈怎么回事。她想到小女孩，不行，不能这样，她还要去找小女孩，带她走，远远离开这里，她答应过她，不能言而无信。她发誓，这次回上海就再也不回来，她要开始新生活，找一个女朋友，享受人生。她想落下去，用脚触地，踏踏实实生活，但她很快发现根本行不通。她的身体没有重量，引力也不起作用，只能这样一直飘浮着，没有尽头。

好运气

我们几乎没有犹豫，先去加油站加满油，又绕到城市西边，买了最贵的骨灰盒——表面雕满仙鹤和玫瑰，不知什么寓意。老板说花纹不是重点，材质才是，金丝楠乌木，古代帝王都用这种，以保证阴阳两界来去自如。

　　我问，来去自如，那人间不是乱了套？

　　老板白我一眼，小伙子，想太多才会天下大乱，人啊，应该放下包袱。

　　买完我开上高速，以最快速度往前冲，爸爸和他的女朋友桃桃坐在后排，没怎么说话。这次是去唐县挖爷爷的坟。昨晚，爸爸梦到他生气地喊，你们享福了，把我留在鸟不拉屎的地方，操你们这帮不孝子孙。他说这是爷爷的鬼魂在召唤，必须得回老家看看，不然影响财运。这几年，他和几个兄弟倒腾医疗器械发了财，日子过得风生水起。因此，他得出结论：只有靠运气，操蛋的人生才能焕然一新。想来也不无道理。大学毕业后，我一直在家啃老，除了躺着就是打游戏，不知道自己想做什么、能做什么，陷入无忧无虑的迷茫里。爸爸问我要不要和他一起干事儿，我拒绝了。他没再勉强，安慰我慢慢来，你的能力没问题，就是差点运气。

"马上见到你妈了。"他突然说。今早他给妈妈打电话，约她在唐县见一面。我不明白他为什么这么做。妈妈似乎并不高兴，但还是同意了。

"是的。"我说。

"不知道她会摆出什么脸色。"他透过内后视镜看我，我把目光移开。

"我也不知道。"我已经十几年没见她了，几乎想不起她的样子，原本有张她的照片，被皮皮吃了。泰迪狗皮皮是她临走送给我的礼物，唯一称得上与她有关联的东西，养了几年出车祸死了。他们离婚时我刚读幼儿园，那天我在操场捏泥人，邻居跑到学校喊我，快回家，你爸妈闹离婚呢。我问他什么是离婚，他把两只手贴到一起，又分开，对我说，离婚就是俩人掰了。掰了？我还是不太懂。回到家，东西差不多砸完了，他俩站在废墟里，脸上挂彩，看见我回来，爸爸如释重负地笑了，妈妈说，我们要去民政局离婚，以后你跟爸爸，我会经常来看你。

本来我判给妈妈，她有份正经工作，种子公司推销员，但她以改嫁为由拒绝了。没几天爸爸又把我丢给爷爷，我如同石子被踢来踢去。那老头脾气臭，满脸胡子，喝得脑子坏掉了，有时会吃馊掉的饭，酒一没了就吼：臭小子，快给我滚出去买酒。我读初中时，他强奸了一个六岁小女孩，进了监狱，后来得了肺癌，保外就医，放了出来。很长一段时间，我因此抬不起头，希望他早点死，结束这场变态风波。最后他真死了，被石头砸烂脑袋，割掉了生殖器，凶手始终查不出。我们猜测是小女孩的父亲干的，并认为爷爷罪有应得，毕竟他做的那件事不可原谅。爸爸租了块地，将他草草下葬，到场的几个人闷闷不乐，他一死，借出去的钱打了水漂，直到爸爸同意父债子还，他们才露出轻松的表情。完事后，我跟爸爸去了石家庄，再没回来过。

"紧张吗？"

"不。"我摇头，"你呢？"

"这有什么可紧张的？"他笑起来。

桃桃坐在他旁边，表情像吞了苍蝇，肯定在吃醋，毫无疑问，她不想爸爸见到前妻，怕旧情复燃什么的。我知道他们不会，不打得头破血流已是万幸，但我懒得对她解释，我不喜欢主动搭话。她顶多二十岁，极瘦，长着一张男人脸，刘海恰好剪到小眼睛上方，两侧的头发顺着脸颊直到耳朵边缘，看起来仿若一扇敞开的门露出她中间的面容。她的蓝裙子不长不短，锁骨处有道红印，可能是爸爸咬的。他说她是医学院的高材生，年年拿奖学金。

"没什么可紧张的。"我说。离婚后，她很快走进新家庭，把我们忘得一干二净。我从没有怪过她。她流过几次产，都是被爸爸打没的，因此子宫壁变薄，怀我时吃了不少苦，我总感觉她对我带点怨恨。爸爸第一次出轨时，她差点跳楼，被他劝下，又是一顿打。她抱着我哭，对我说她再也不想忍了，因为我她才忍了这么久。她构思了一个报复爸爸的计划，在他喝的水里加雌激素，但因雌激素太贵，不了了之。几次抗争后，她顺利拿到离婚证，条件是净身出户。我什么都可以不要，她说，我只想离开他，越远越好。

"快到了吗？"桃桃问，她的声音很轻，总带着讨好的意味，或许是我对她有偏见。她边上学边在一家娱乐会所上班，陪客人喝酒唱歌到凌晨三点半。爸爸对她一见倾心，二话不说领回家，当着她的面对我说找到了真爱。他喜欢去各种风月场所，是个爱混场子的大色鬼，我知道他说的不是真的，他领回的真爱太多了。对他而言，最重要的两样东西是酒和女人，这点和爷爷很像，他就是这样把奶奶气走的。

"快了。"我说，并没有回头看她。

"还有多久？"

"十分钟吧。"

说完，我拐了个很大的弯，看到唐县高速口。减速，停下，递交过路费，又缓缓加速。收费的是个女人，看不清脸，手指又细又长。

"接下来去哪？"我问。

"给你妈打个电话，叫她出来吃个午饭，然后去挖你爷爷的骨灰。"爸爸说，腾出一只手拍拍桃桃的肩膀，又在她耳边说了什么，桃桃的脸色由阴转晴，最后露出笑容。不得不说，爸爸很会哄女人。

我拨通妈妈的电话，打开免提，她那边很吵，听不太清，但能感觉她的嗓子有点哑，她说："我中午没时间，正参加一个聚会，晚上你们来家里吃饭吧。"说完她就挂断电话，像丢开我时一样干脆。我听到爸爸说了一声"妈的"。她的第二任丈夫是公务员，也离过一次婚，两个带有婚姻创伤的人很容易走到一起。我曾想过她是不是婚内遇到他的，完全有可能，但没必要深究这个问题，反正结果都一样。听说他们有了一个儿子，学习很好，一只耳朵听不见。我在梦里见过他，虽然看不清他的脸，但我知道那就是他，他跟在妈妈身后，叫我哥哥，我跑到河边，给他捞出一块奶油蛋糕。

随便找家饭馆，我们走进去，点了几个菜。客人不多，选了最里边的四人桌，旁边是一对母子，妈妈正轻声训斥小男孩。桃桃想吃唐县特产，爸爸给她点了份碗肉，羊杂汤里泡一张玉米面煎饼，又香又辣。以前妈妈常带我吃，在一家老字号，估计已经拆没了。

"好吃。"桃桃看一眼爸爸，眼里充满爱意。我无法想象他们做爱的场景，更想不通什么样的女人会爱上他。发财后他的脾气好了很多，也许钱真能使人心平气和，他找过几个女朋友，都是和平分手，不像离婚时那么惨烈。我有时会想，爸爸到底有没有真正爱过一个人，或许他压根不懂爱是什么。

"喜欢就再来一碗。"

"不吃，我怕发胖。"她一个劲儿地笑，好像全世界的开心都来了她这儿。

"女人胖点好看，你太瘦了。"爸爸说。

"我怎么吃都吃不胖，没办法，天生的。"她依然笑个不停。

又进来三个客人，光着膀子，汗珠顺着黑皮肤淌下，背部闪闪发亮。他们对服务员大声嚷嚷着外地方言，发出响亮的笑声。其中一个狠狠拍了下桌子，紧接着又是一阵爆笑。

"他们说的是四川话。"桃桃看过去，"他们在打老板娘的主意。"

"你能听懂？"我问。

"我就是四川人，只是在石家庄读大学。"

"我妈是河北人。"她又说，"被卖到四川的。奇怪吧，一般都是四川人被拐卖到河北，她倒好，心甘情愿跟着人贩子到四川。"她发出轻轻的笑声，"她说她爱上人贩子了。"

"悲伤的故事。"我说。

"人总是从爱上别人那一刻完蛋的。"她看了爸爸一眼，低下头。

"爱上我是个例外。"爸爸脱口而出，眼角的皱纹挤到一起。

"我出去抽根烟。"我说着，站起来走出去。

热空气涌来，身体很快被汗水包围，路面被照成明晃晃的镜子，天空异常干净，太阳就在头顶，仿佛一枚银色的子弹，随时准备射进脑子里。我走到马路旁的树荫，盯着新画的斑马线，蹲下抽烟，这里的风凉一点。唐县变化真大，一幢幢商场拔地而起，配着奇怪的名字，取代原来的小杂货铺。我记得这条路，往南走几个路口是我读过的三中，爷爷的坟在学校旁边，一会儿可以直接过去。

他们走出来，桃桃挽着爸爸，和他的啤酒肚相比，她显得更加瘦弱不堪，仿佛一碰就碎。爸爸的手在她腰上摸来摸去，她没反应，直直地盯着我。

"现在去吗？"我问。

"嗯，现在去。"

我们上车，缓缓朝三中移动。爸爸接了个电话，通知他近期的项目又成了，他眼神飞起来，瞳孔是浅棕色，这就是好运气，他对我们说，我活了这么久，全靠运气支撑。他又说钱到账后给桃桃在泰国买套房子，她敷衍地笑笑，并不是很开心。也许他们刚才又吵了一架，这是常有的事。

三中周围的田地不见踪影，地面盖了两栋楼，一栋正在刷蓝色的漆，像块切下来的凝固的海，另一栋还没建成，光秃秃的水泥，看起来非常热。三中躲在高楼后边，显得又破又小，也许已经没有人来这里上学了。几个工人坐在蓝楼台阶上，都被晒得又黑又红，拿黄色的帽子在脸颊处摇来摇去。

"操。"爸爸说，"坟在哪儿？狗日的房地产商。"

"别说话这么难听。"桃桃说。

爸爸没有理她，戴上墨镜，打开车门下车，桃桃撑开一把绿色的遮阳伞，和我并排跟在爸爸身后。

"热吗？你要不要钻进来？"她问我。

我摇头。

"这他妈怎么回事？"爸爸又骂了一句，"怪不得你爷爷要给我托梦。"

那几个工人看到我们，走过来，"什么事？"领头人手里拿着冰棍，边吃边问我们。

"什么时候盖的楼？"爸爸问。

"两个月前。"那人说。

"这块地卖了？"

"是啊，早就卖了吧。"

爸爸四处望了望，"老板是谁？"

"不知道。"他们一起摇头，大眼瞪小眼。其中一人始终盯着爸爸，左脸中央一道明显的疤。他穿着沾满灰尘的黑色工字背心、大裤衩，手在脖子抹了一把，汗水和虫状的细泥簌簌往下掉。

"王老二？"他抓抓头发，发出犹豫的声音，往前走了一步，"是王老二吗？应该是吧……"

爸爸摘掉墨镜，眯起眼睛看他，想了两分钟，突然进出大笑声，"赵老六！"他把他从队伍里揪出来，使劲拍拍他的肩膀，"竟然是你小子啊！"

赵老六低下头，抓着衣角，痴痴笑着，"稀奇，稀奇，这么多年都没听到你的消息了。"由于驼背，他越发显得矮小，像一只瘦弱的鸡。

"其他人呢？老幺。"爸爸问。

"哎呀，一个当了局长，一个尿毒症死了，一个出了国，一个蹲监狱了。剩下我在这儿干活。"

"你和他们有联系吗？"爸爸递给他一根烟。

"没有，"他摇头，"谁跟谁也没联系过，都老啦，也都有各自的生活，没准他们早忘了当年了，联系有什么意义？豹子社早就不是当年的豹子社了。"他示意其他工友先离开，领我们去了片阴凉地。

"你能回来我真惊讶。"他摸摸脸上的疤，小声说，"我始终没忘，没忘。想当初我们叱咤风云，哪个不害怕不羡慕？时代变了，是时代变了。"他突然颤抖起来，紧紧攥住爸爸的手。爸爸皱起眉头，似乎被吓了一跳。他们的手颜色形成鲜明的对比，我想到很久之前，妈妈送过我一张八卦图的海报。

"什么是豹子社？"桃桃突然蹿到我耳边问我。

"没什么。"我不知怎么跟她解释，毕竟我也只是道听途说。爷爷在世时提过几句，豹子社是民间组织，共六个成员，专门劫富济贫，拯救苍生。他说爸爸曾是豹子社成员，我并不相信，那时的他，只会喝酒，找女人，和妈妈打架。我也问过妈妈豹子社是真是假，她呸一口，冷冷地说，狗屁豹子社，拿来骗小姑娘的说辞，也许妈妈就是这样被骗的。

"时代变了。"爸爸从他手里挣脱，"后来你结婚了吗？"

"没有。"他摇头，"做大事的人，哪能和女人拉拉扯扯。你们啊，就是被女人和孩子耽误的。"他看了我和桃桃一眼，又迅速移开视线，"前几年我见过嫂子一面。"

"什么？"

"你老婆啊。"他说，"当时她从一辆车上下来，进了美容院，我一眼就认出了她。"

"是我前妻。"爸爸纠正。

"对，我知道。开车的是另外一个男人，面相不错，是帝王之相，前妻也变漂亮了。"

"我太热了。"桃桃咳嗽一声，对爸爸说，"我要回车里吹空调。"

"去吧。"爸爸冲我摆摆手，示意我陪她去。于是我们回到车上，打开空调。她坐到副驾驶，嘟着嘴，把风栅拨左拨右。我注意到她的小腿线条非常好看。爸爸和那人还站在阴影里聊天，希望他不要忘记这次来的目的，已经四点了，晚上还要去妈妈家吃饭。

"你妈妈真的很漂亮？"她问。

我点头，把风调到最大，"还行，挺漂亮的。"

"好吧。"她把座椅调到最低，躺下，手臂放到脑后，一小撮腋毛露出来，湿湿的。

我也像她那样躺下，看着车顶的扶手。远处，两个工人厮打在一起，泥土粘在他们背上，阳光的照射使一切显得荒诞，像某个电影镜头。

"我想吐。"她说。

"怎么了？"

"我总是这样。"她看着我，"每次吃完饭我都会想吐，胃不好，家族遗传，我妈妈胃也不好，我姥姥是胃癌去世的。"

"可以去医院看看。"

"我才不去呢。"她转过头，望着车玻璃，"真要有病我可接受不了。我需要的是一次暴毙。在那之前我要使劲玩儿，使劲儿挥霍。"

"你做到了。"

"是的，我做到了。"她露出嘲讽的笑容。

"我知道你瞧不起我。"她又说，"真奇怪，为什么人类被要求上进、积极、努力？太扯了，不是要坚定本心吗？我就是好吃懒做、不思进取、爱慕虚荣，这怎么了？我就是这样的人，我承认我是这样的人。你们都太他妈虚伪了。"她喘了一口长气，一下子说这么多话太累了，我听着都累。我可从来没要求过别人上进，我尊重每一种生活方式。

"无可厚非。"我本想摊开手，再耸耸肩，摆出无所谓的姿态，但又觉得太傻了，只好把视线移到窗外。

"我和他要结婚了。"她把腿抬起来，光脚贴上前玻璃，红色的指甲油亮莹莹的，她在用脚趾画什么东西，"但我不开心，我总觉得我们之间缺少点什么。大概是温存，少点温存。"

我知道爸爸对她撒了谎，他是不会和她结婚的。更无法想象他们的名字和照片出现在结婚证上，她每天穿着睡衣从卧室走出来，坐在我对面吃早餐。她太年轻了，比我还要小几岁，后妈这个角色不适合她，当然，他们俩的事和我一点关系都没有，我终究是要离开家的。

爸爸和那人走近高楼，在台阶上站住，那人对另外几个工人说着什么，胳膊举过头顶，又指指地面，爸爸露出笑容。他们变得越来越暗。空调味有点恶心，我打开一条缝，让风顺进来，空气里有腐烂的味道。

"你有过女朋友吗？"她问。我突然心烦意乱起来，她的嘴像架缝纫机突突个不停，"我猜你肯定没有过女人，你可真是太冷淡了。"

那几个工人抱来一堆工具，扔到地面上，水泥楼摇摇欲坠，九楼窗户露出一个人头，前后晃动，不知在做什么。爸爸转过身，冲我挥手。我看了桃桃一眼，她低着头自言自语，声音微小快速，听不清在说什么。我摇下车窗，冲爸爸喊，"怎么了？"

"把骨灰盒拿过来！"

我下车，把骨灰盒抱在怀里，桃桃没有动。他们站在不完整的一楼，围成一圈，其中一人握着冲击钻，往四周走了几步。

"就在这儿，我肯定。"那人说。

"那挖吧。"爸爸说。

那人把冲击钻尖端对准水泥地面，另一个人接通电源，摩擦处发出轰隆巨响，小石块和石屑飞出来，洞越来越深，直至露出褐色泥土。

"去拿我的钱包。"爸爸小声说。

气温随着太阳一同降落，我又回到车里，发现桃桃正用裙角擦眼泪。她看到我，瞪我一眼，叫我滚。我拿起钱包，扔给她纸巾。

"你坐下。"她用命令的口吻说，"就坐一会儿。"

我重新坐回去，空调味熏得头疼。我突然想到以前看的新闻，一对男女开着空调车震，最后死了，发现尸体时俩人赤身裸体搂在一起，十分壮观。

"恶心。"她说。

"什么？"

"空调味恶心，但不得不开着，很多关系也是这样，不是喜爱，是不得不。"

我不明白她为什么对我说这种话。

"我根本不爱他。"她看着我，"但没有他我就得回到会所里，我不想。"

"为什么不找份正经工作？"

"因为我就是这样的人！"她轻吼了一声，很快冷静下来，"你怎么会明白呢？你运气好，生在一个好家庭。我没有好父母，但我还有个不错的身体，这就是我的资本。你明白吗？工作没

193

有高低贵贱之分，只要你认清自己是块什么料子。"

我叹口气，想到妈妈和爷爷，感到一阵悲伤。我想告诉她，人和人是不同的，感同身受是小概率事件。对于有的人，一条路通往的可能是天堂也可能是地狱，而有部分人，沿途始终有站台，一桩琐屑小事就能让他们的注意力转移。

"你还没有过女人吧？"她突然凑过来，贴上我的嘴，"我可以跟你好，你想要哪种姿势都可以。但你得带我走，等你离开家的时候。"她的手在我裤裆摸来摸去，"随便什么时候，只要带我走。"我推开她，让她离我远一点。她脱掉裙子，露出黑色的胸罩和内裤，重新躺到座位，像一只营养不良的猫，幽怨地看着我。"我是喜欢你的，不是玩玩而已。"她说。

我没回答，拿上钱包下车，傍晚了，昏黄的光线笼罩这里，像刷了一层金色油漆。裤裆的硬东西摩擦得难受，我使劲往下按了按，希望尽快变软。她不是我喜欢的类型，我在心里对自己说，脑里却浮现出她光滑的大腿根。她说得对，我二十八岁了，却从没有过女人。爸爸常劝我，你该去找个女朋友，乐一乐，爽一爽，就会明白人生的奥妙，他甚至带我去夜总会过夜，我拒绝了。他说我太腼腆，不像他的孩子，言外之意是我辜负了他的期望。

我走到他们中间，坑已成型，约有一米五的直径，两个工人站在里边，把泥土往外倒腾。我把钱包递给爸爸，他掏出一沓钱递给那人，"太谢谢你了，老么，这是点小意思。"

"还给什么钱呀？"他推开爸爸的手，"能再见到你，就挺好的，二哥，以后咱们常联系！"

"那不行，收着收着，给他们也分分，不能白忙活啊，这大热天的。"

最后他把钱放进口袋，回到工人中间，他们正研究新买的骨灰盒。"加把劲。"他对坑下那两个工人说,"把老爷子挖出来,有大奖励!"他拍拍鼓起的口袋,满脸笑容。

"她呢?"爸爸问我。

"车里。"我说着,眼前出现她细长的两条腿,像仙鹤,走路一颠一颠。我想象这腿缠在爸爸腰上,一下两下蹦出快乐的泉水。

很快,他们挖出砖红色的小棺材,"是这个吗?"那人问爸爸。爸爸凝视,转过头问我,"是这个吗?你还记得吗?"我摇头,"应该是吧。"爸爸对他们说,"打开看看,应该是,这块地还有别的坟?"他们打开棺材,里面是个灰色的骨灰盒,非常小,"就是这个。"爸爸说,"我有印象,这个盒子是店里最便宜的。"他没有打开,直接把骨灰盒放进新买的骨灰盒里,"这样更安全。"他解释。

他和老幺告别,说给他介绍个轻松的工作,老幺一副无所谓的表情,他在唐县待了半辈子,哪都不想去。"有空多回来看看,豹子社成员再聚一聚。不过,难啊。"他把我们送到车上,冲我们挥手再见。

桃桃已经穿上裙子,坐到后排,正低头玩手机,"挖出来了?"她对爸爸笑,没有看我。爸爸点头,捏捏她的脸。

"豹子社到底是什么?"她问。

"没什么,一群年轻人瞎折腾。"爸爸说。

快要七点了,天还是没有黑掉,变成雾蒙蒙的青色。我给妈妈打电话,想问她什么时候有时间,响了快一分钟,她终于接起电话,"过来吧你们,我在家,正准备晚饭。"她把地址告诉我,我打开导航,她家在县城西南角,离我所在的位置十公里。

唐县的路修宽了,依然无法避免堵车,下班时间,人们疯狂地按喇叭，像一场大型舞台表演，我抑制不住内心的暴躁，骂了几句。

"唐县人想得开。"爸爸盯着窗外，"有钱就买车，没钱借钱也要买车。家家户户都有车，堵来堵去。"

"观念和以前不一样了，现在人们提倡的是享受生活。"桃桃说。

"过几天我们就去泰国。"他说，"王阔你去吗？"

我摇头。

"你该去看看外面的世界，不能总窝在家。"他说，"学会放松，你不能一直绷着，你在绷着什么呢？"

"到了。"我说，没有回答他的问题。

小区门口种着几株天竺葵，石头上雕着"雅致丽都"四个字。保安不允许开车进，我们只好把车停到路边，登记信息，步行。这里没有高楼，清一色二层别墅，浮在绿得晃眼的草坪上，咖啡色点缀朱砂红，房顶尖尖，貌似是阁楼，门口有栅栏围起的小花园，石子小路通向落地窗。

"看来你妈过得不错。"爸爸说，"不过一辈子待在县里有什么意思呢？"

我找到妈妈的房子，没有门铃，只能走进花园里敲门。她的院子里有一个秋千，旁边放着一个支起来的小帐篷。玻璃门后是蓝色的窗帘，透过拉开的一道小缝，我看到妈妈光脚在地板上走，手里端着一盘水果。我敲门，她拉开窗帘，打开门，脸上没有多余的表情，招呼我们进去。

她的头发高高盘起，脸的轮廓小了一圈，下巴又尖又长，皮肤看上去有些硬，涂着深色口红，紧身黑色连衣裙印出肋骨的形状，她太瘦了，和桃桃虚弱的瘦不一样，她是娇小精悍的瘦。她另一个儿子坐在沙发上看电视，见到我们，他吃了一惊，

"你们好。"他说，露出疑惑的表情。他个子很高，有些驼背，眼睛和妈妈的一模一样。

"这是你哥哥，王阔。"妈妈指着我对他说。

"哥哥好。"他说，"我叫李尧。"

"你好。"我也冲他笑，又看看妈妈，她对我摆出僵硬的笑容。

"好久不见。"爸爸对妈妈说，"你老公呢？"

"去省里开会了。"她把我们领到饭桌前，没有看他，"吃饭吧。"她坐到我和李尧中间，盯着对面的桃桃，"这姑娘是谁？王阔女朋友？"

"我女朋友。"爸爸搂了搂她的肩膀。

"哦。"妈妈并没有表现出惊讶。

对面墙上挂着一幅油画，模仿的《戴着耳环的珍珠少女》，旁边是三张李尧的奖状，还有全家福照片，她的丈夫很胖，平头，戴黑框眼镜，露着一口白牙，妈妈站在他旁边，嘴角轻轻扬起，眼里有小女孩神态，李尧戴黑框眼镜，发出白痴般地傻笑。他们每个人都平和安详，像是接受了洗礼。

"我们今年会结婚。"爸爸说，把筷子放到盘子上，表情严肃。我吃惊地看他一眼。

"那不错。"妈妈看了桃桃一眼，"有个伴还是好的。"

"我不缺伴儿。"他说，"我是因为爱她。"他始终盯着妈妈，没有看到桃桃沉下去的脸。

"当然。"妈妈说。

"哥哥你是做什么的？"李尧问我。

"他不工作。"爸爸赶在我之前回答，"有钱花为什么要工作？"

李尧睁大眼睛，"每个人都要工作，为了实现自己的价值。"

"拉倒吧。"爸爸鄙夷地看他一眼，我认为他表现得太明显了，"工作有个狗屁价值，工作除了摧残你之外没有任何价值！"

"行了。"妈妈皱起眉头，"你和一个刚高中毕业的孩子聊这些，有什么意思吗？"

"孩子要从小抓起。"爸爸摇摇头，把一块排骨夹到碗里。

"那你之前怎么没抓呢？"妈妈看了看我，眼里似乎含着泪，也许只是亮闪闪的美瞳，这样看来，她的模样完全变了，十分陌生。我不敢相信这是妈妈，她年轻得有点过分。

大家都不再说话了，埋头吃饭，大口咀嚼，气氛像濒死的鱼嘴一张一合。最先吃完的是桃桃，她放下筷子，吐出一口气，"我吃饱了，可以参观一下你家吗，美式复古风真好看。有阁楼吗？那种木头阁楼。"她冲妈妈甜甜一笑，我猜妈妈会喜欢她。

"有阁楼，但不是木头的。"妈妈说，"我让李尧带你转转。"

李尧站起来，怯怯地看桃桃一眼，领她去了二楼。爸爸擦擦嘴，双手交叉放在脑后，打了一个哈欠。我起身，帮妈妈把碗筷放到厨房，又擦干净桌子，她温柔地望着我，眼里依然像含着泪。我怕她下一步就要抱着我号啕大哭，诉说这些年她有多想我，电视剧里都是这么演的。但她只是看着我，递给我一个橙子，"我们坐到沙发上吧。"

于是我们三个再次团聚，妈妈在左，爸爸在右，他们的呼吸像翻涌的海浪包围我，我的双腿轻轻颤抖，汗水浸湿了衣服。妈妈打开电视，屏幕里露出一对男女，他们在嚷嚷着什么，我没在意。电视荧光落在我们身上，和背后的灯光重合，仿佛蠕动的一条条蛆虫，我想象数以千计的虫子在吞噬我，几乎要哭出来了。

爸爸咳嗽一声，点了一根烟，他的头枕在沙发上，二郎腿高高翘起，袜子是蓝色的，和窗帘一样的颜色。妈妈坐得很直，目不转睛盯着屏幕，我知道她没有看进去。太安静了，一丝声音都没有。不知过了多久，她突然拉住我的手，"王阔，这几年你怎么样？"

"他很好。"爸爸说，"我把他照顾得很好。"

"你长大了。"妈妈摸了摸我的脸，"我老是梦到你，你小时候，软软的，嫩嫩的，身上一股奶糖味。"

我不敢动弹，任凭她的手在我额头划来划去，电视里没有了男女，一个老人在走路。

"你拉倒吧。"爸爸说，"你可一次都没有看过他，他找妈妈的时候，是我一个人在哄。"他露出讽刺的笑。

"你闭嘴！"妈妈的手因为颤抖狠狠拍了我一下，又重新回到她手腕处，"我为什么没去看他，因为你！我根本不想看到你！哪怕一眼！"她站起来，又坐下，不停深呼吸。我没想到她这么大反应，只好拍拍她的肩，让她冷静点。

爸爸发出狗一样的呼哧声："我就知道你会这么说，怪我，全怪我。"他把烟扔到地板上，双腿弓起来，等了一会儿，他又放平，继续说："你还怪我吗？难道你一直都在怪我？"

妈妈别过脸，叹口气，"我喜欢我现在的生活，这就是我一直想要的。"

"我问的是，你还怪我吗？"

她一动不动，"我很少想起你，想起曾经的婚姻。但我觉得，我会忘掉所有的事，唯独不会忘记那时对你的恨意。你给我的伤害太重了。"

"好吧。"爸爸又点了一根烟，"我全明白了。"他看向我，眼睛充满悲伤，"我他妈就不该来见你。"

"我他妈也不想见你，我只是想见见儿子。"妈妈站起来，裙子的一角皱巴巴的。

爸爸也站起来，我注意到他的手握成拳头，火焰从眼里喷出来，很快，他又坐下，靠住椅背，腿翘到茶几上。"我不想和你吵架，我来这里不是为了和你吵架。"

"我也不是。"妈妈也坐下，盯着电视墙，"吵架没有意义，今非昔比，我们都有新生活了。"她说出今非昔比这个词使我略微惊讶。

"是。"爸爸发出长长的叹息，"你说实话，你过得真的好？他对你真的好？"

"当然。"妈妈点头，"我从来没享受过这样的好生活。大概是好运气来了。"

"分开后你们都有了好运气。"我说。

"什么？"妈妈问。

爸爸说，"是，我们都有了一点好运气，你现在挺好的，我也挺好的。"他站起来，揉揉眼，看向我，"我困了，天不早了，我们该走了。"

"你们住哪里？"妈妈问。

"随便找个酒店就行。"我说。

"桃桃！"爸爸抬头喊，"下楼，我们该走了。"

我站起来，握了握妈妈的手，本想抱抱她，但她似乎不想张开双臂，只好作罢。"桃桃！"爸爸又喊了一声，无人应答，也没人下楼。他无奈地耸耸肩，"我去找找她。"他对我们说。我不知如何与妈妈单独相处，便和他一起上楼，妈妈也跟上来。我们打开一扇又一扇门，都没有她，最后在楼梯口的杂货间，看到她靠在墙上，搂住李尧的脖子，嘴唇对在一起。她的左腿勾在他腰上，像一根干净的绳子。

她看到我们，不吃惊也不害怕，推开他，小猫一样盯着爸爸，灯光打在她脸上，她的眼分得很开，我看过一本书，这种女人没有财运，桃花运很旺。她抚平裙子，走到爸爸身边，挽起他的胳膊，"怎么样？聊得开心吗？"她的声音没有一丝颤抖。

"开心。"爸爸说，表情平静。

妈妈显然惊呆了，发出尴尬的呼吸声，看看李尧，又看看爸爸，皱起眉头，不知如何收场。爸爸拉着桃桃朝门外走去，我跟着他们，桃桃把一只手别到身后，冲我竖中指。我们走出大门，妈妈追过来，塞给我三杯冰咖啡。"开车慢点。"她说，看看爸爸，眼睛又像溢满泪水般亮晶晶的。天完全黑透了，今夜没有星星，奇形怪状的云层把月亮遮住，变成诡异的哑光金色。我最终还是抱了她，她太瘦了，硌得胸口疼。然后，我们开夜车返回石家庄，我开得飞快，高速路上的荧光指示牌一亮一灭，像落水后上下挣扎的人，爸爸坐在副驾驶，脱掉鞋，脚伸到玻璃前。我不知道他发生了哪些变化，但能感到他和来时不一样了。桃桃在后排，抱着爷爷的骨灰盒，脸贴上盖子。我突然想到，爷爷，一个彻头彻尾的混蛋，死后竟然比生前住的房子都金贵。我们活着的人，又能做出什么改变呢？

"你会离开我吗？"她漫不经心地问，抚摸额前的头发。

爸爸没有说话，不停喝冰咖啡，时不时发出几声叹息。桃桃没再追问。我感到一阵厌烦，想着回去后就找份工作，随便哪里都行，只要能离开家，奔向全新的生活。

"我还是没能感觉到快乐，虽然有了点好运气。"他突然说，"我本以为有钱后就没有烦恼，可事实是，烦恼永远都在。"他无奈地笑了笑，把手指贴到玻璃上。

"是。"我点头，踩一脚油门，驶向更广阔的黑暗里，"那句话怎么说来着，人生根本没有乐趣可言。"

而我只想晃来晃去

怎么也没料到我会写小说，挺奇怪的，按理说我和文学根本沾不上边，读书时我痛恨作文，自然没表现出一丝半点的语言天赋，如果告诉以前的同学，我开始写小说了，他们绝对不会相信，多半还认为我得了幻想症，想象自己是个作家。

说到作家，初中时，我偷看过爸爸的日记本，他写着："希望我女儿将来能成为画家或者作家。"他读大学时在报纸发了几篇文章，毕业后回到家乡，找了份工作，快速结婚生子，赚钱养家，卷入生活的洪流，写作这件事自然不了了之。他总对我说，哎呀，要是当初我坚持下去，没准我也就是作家了。得知我要出书后，他兴奋得不知所措，告诉他所有的同事，我女儿成作家啦，一定要多买几本啊。结果，我每次见到他们都很尴尬，所有人使劲盯着我，摸摸我的衣角和背包，仿佛我是个外星人。我告诉爸爸，我不算作家，就是个写小说的。爸爸白我一眼，那你也是作家，我说你是你就是。

爸爸有个很大的书架，上面摆满了书，我埋在书堆里长大，多多少少受了点影响。很小的时候我喜欢童话，六岁那年写了一个童话故事，叫《净魔水》，我到现在都记得很清楚，不会写的字用拼音代替，里面有个王子，斩破千难万阻，救出了心爱的公主。爸爸看后十分开心，大概从那时候起，他觉得我能成为作家。

很快，我开始读小学、初中、高中，升学的压力、家人的压力，捆绑住我，我不停做题、改题、背题，变成千千万万求学大军中的一员，变成一个连轴转的考学机器。我迷失了，不知道自己喜欢什么，能做什么，唯一的事就是埋头学习。我一度认为我会成为科学工作者，最后死在实验器材中间。后来我读大学，选的专业是药学，依然和文学不沾边。大学十分轻松，没认真学习，也没想过写作，只是吃喝玩乐、混吃等死，那段日子我无聊得发疯，一天天的，怎么也过不完，现在十分后悔，如果当初能多读点书就好了。

后来我开始读书，从日本作家开始，他们的气质比较清新，可能是翻译原因，可能和他们的本土文化有关。再后来我开始了更为广阔的探索，在网上读完片段，觉得好，就买来读，视野就此打开，开始思考如果是我，同样的故事该怎么写。突然有一天，我躺在床上，翻来覆去怎么也睡不着，我打开手机，迷迷糊糊写了我第一个短篇小说。这就是我写作的开始，十分突然，没有征兆，也没有立志要写成什么样，就随便写一写，对抗失眠。那篇小说顺利发了出来，并被转载了一次，对我是个很大的鼓励。如果我一开始受挫的话，可能已经不写了，我是个很容易放弃的人。

每个人对好小说的定义都不同，当然也有一些共性，比如故事本身、叙述手法、布局技巧等。我认为好的小说一定是真诚的，带着属于自己的情绪。以前听过一个说法：一个真正成熟的作家，可以把别人的故事写成自己的故事，而不成熟的作家，往往只写自己的故事。可是，如果写别人的故事，能否做到真诚，能否完全摒除自己的生活经验？应该不可能，所以一篇小说里多多少少都会有自己的影子，这也算是一种真诚吧。

　　本书收入的十篇小说，是我这一年多写成的，关于爱情，关于命运，以及我的思考。我觉得我的小说是凌乱的，不整齐，没有套路和阅读障碍，我通常是想到哪儿写到哪儿，灵感总在过程中猝不及防地出现，所以坚持写下去才是硬道理。今后，我会不停地探索、尝试新的风格，期待越来越好，能抵达内心深处真正的自己。

　　音乐人张浅潜唱过：他人的理想是出人头地，而我只想晃来晃去。这也是我的态度。我不像爸爸那样，指望我自己能成为"作家"，我喜欢什么就去做什么好了。大概对我而言，写作是为了脱离琐碎漫长的生活，不然人生可太他妈无聊了。

贾若萱

2017.10.31

图书在版编目（CIP）数据

摘下月球砸你家玻璃 / 贾若萱著. —南京：江苏凤凰文艺出版社，
2018.10

ISBN 978-7-5594-2237-8

Ⅰ.①摘… Ⅱ.①贾… Ⅲ.①短篇小说—小说集—中国—
当代 Ⅳ.①I247.7

中国版本图书馆CIP数据核字（2018）第118324号

书　　名　摘下月球砸你家玻璃
作　　者　贾若萱
责任编辑　姚　丽
监　　制　赖天成
特约编辑　赖天成
装帧设计　丁威静
出版发行　江苏凤凰文艺出版社
地　　址　南京市中央路165号，邮编：210009
网　　址　http://www.jswenyi.com
印　　刷　北京中科印刷有限公司
开　　本　880毫米×1230毫米　1/32
字　　数　150千字
印　　张　7
版　　次　2018年10月第1版，2018年10月第1次印刷
标准书号　ISBN 978-7-5594-2237-8
定　　价　42.00元

江苏凤凰文艺版图书凡印刷、装订错误可随时向承印厂调换

监制 赖天成 ／ 特约编辑 赖天成 ／ 装帧设计 丁威静 ／ 封面插画 丁威静